서바이벌 태스크포스

황수빈 장편소설

서바이벌 태스크포스

차례

프롤로그 7

1장 D-1 13
2장 Z-Day 57
3장 고립 85
4장 전략(Strategy) 141
5장 마지막 퇴근 209

에필로그 247
작가의 말 251

프롤로그

통, 통, 통 둔탁한 노크 소리가 열 번쯤 이어진 후에야 김 대리는 이상한 낌새를 느꼈다. 박 부장은 가뜩이나 불퉁한 얼굴을 더욱 불퉁하게 찌푸리고 김 대리를 질책했다.

"야, 김 대리야. 바깥에 회의 중 표시 안 해놨어?"

"예? 엇…… 분명히 표시를 해놨던 것 같은데…….'

"내가 이런 것까지 일일이 다 말해줘야 해? 이런 기본도 못 챙기니까 피피티가 이 모양인 거 아냐. 너 진짜 이번 프로젝트 제대로 할 수 있겠냐, 어?"

그냥 나가서 확인해 보라고 하면 될 것을, 박 부장에게는 모든 잡다한 일을 '기본'의 영역에 포함해 상대의 업무 능력 전반과 연결하는 못된 버릇이 있었다. 오전 9시 반부터 정오가 다 되어가는 지금까지 발표 자료 글자 포인트 지적에서 시작해 만 5년의 업무 경력을 깡그리 부정하는 데까지 이르는 꼬리물기식 지적질에 시달린 김 대리는 머릿속을 떠다니는 욕설과 실제 발화가 뒤바뀌지 않도록 주의하며 아하핫, 머쓱한 웃음을 지어 보였다.

"확인해 보겠습니다, 부장님."

동시에 김 대리는 회의실 문 가까이 앉아 있는 '최'를 돌아보았다. 부서의 막내 사원인 최는 희멀건 얼굴에 항상 무슨 생각을 하는지 알 수 없는 묘한 웃음을 걸고 다녔는데, 아니나 다를까 오늘도 그 미소를 지은 채 자신의 컴퓨터 화면을 바라보고 있었다. 회의실 안에서 벌어지는 일련의 일과 자신은 아무런 상관이 없다는 듯 깔끔하고도 평온한 태도였다. 게다가 회의가 멈췄는데도 회의록 담당 최의 손가락은 바쁘게 움직이는 중이었다. 김 대리는 최가 회의 내내 딴짓을 하고 있었고, 지금도 하고 있다는 것에 자신의 소박하고도 깜찍한 전 재산을 걸 수 있었다.

최는 김 대리가 두 번을 더 부른 후에야 "네?" 하고 대답하더니 탁, 엔터를 치곤 그에게로 천천히 고개를 돌렸다. 상사의 부름에 대답하는 게 아니라 머슴의 부름에 돌아보는 양반댁 도련님 같은 자세였다. 김 대리는 눈썹을 들어 올린 채 통, 통, 통, 통 노크가 이어지는 문 쪽을 고갯짓으로 가리켰다. 호모 사피엔스라면 누구나 이해할 수 있을 명료한 보디랭귀지였다.

그러나 최는 문을 한 번 돌아보았다가 다시 김 대리를 향해 '왜요?' 하는 듯한 표정을 지어 보일 뿐, 엉덩이를 뗄 기미를 보이지 않았다. 입사 후부터 지금까지, 최에게 김 대리의 보디랭귀지가 통한 적은 단 한 번도 없었다.

'그래, 내가 너한테 뭘 바라겠냐…….'

최의 당당함에 전의를 상실한 김 대리는 떨떠름한 미소를 지은 채 발걸음을 뗐다. 문 앞에 다다랐을 때까지도 노크 소리는 계속되고 있었다. 새삼 어떤 미친놈인가 싶었다. 분명 회의 중 표시를 붙여놓았으니 안에 사람이 있다는 걸 뻔히 알 텐데 무슨 생각으로 밑도 끝도 없이 문을 두드려 대는지. 김 대리는 어떤 놈이든 얼굴 한번 보자는 마음으로 벌컥, 회의실 문을 당겨 열었다.

그리고 1초도 되지 않아 다시 문을 닫았다.

김 대리는 닫힌 문을 향해 눈을 깜빡이며 잔상처럼 지나간 장면을 되짚어 보았다. 문을 열고 마주한 것은 같은 부서 선배인 오 과장이었다. 정확히는 그녀라고 추정되는 무엇이었다. 오 과장은 김 대리의 신입사원 시절 사수로, 100미터 밖에서도 서로를 알아볼 수 있을 만큼 친한 사이였다. 자그마한 체구, 한 갈래로 묶은 머리 모양, 차콜색 정장 차림까지. 문밖에 서 있는 '무언가'는 분명 오 과장의 모습을 하고 있었다.

오늘 아침, 출근길 엘리베이터 앞에서 유달리 퀭한 오 과장에게 무슨 일이 있냐고 물었던 것이 떠올랐다. 간밤에 네 살배기 아들이 탈이 나는 바람에 밤을 꼴딱 새웠다며 걱정스레 한숨을 쉬던 그녀의 얼굴은 피곤함에 절어 있었다. 그렇다 해도 결코 저런 모습은 아니었다. 대체 저 모습은······.

김 대리는 두 주먹으로 뻑뻑한 눈을 비빈 후 습기가 돌 때까지 감았다 뜨길 반복했다. 평소 생활 습관에 대한 반성이 뒤따랐다.

어제 너무 늦게 잤나. 쇼츠 그만 보고 일찍 일찍 잘걸. 가만, 몸이 허했나. 배달 음식 좀 작작 먹어야지. 이어 즐겨 보는 영화 장르에 대한 고찰도 했다. 요즘 고어물을 너무 많이 봤나.

신입사원 시절, 그때까지만 해도 존재했던 여자친구의 강요에 못 이겨 입문한 후로 고어물은 지금까지 쭉 김 대리의 '최애' 장르였다. 처음엔 이런 걸 대체 뭔 재미로 보나 싶었는데, 적응한 뒤로는 오히려 입사 후 고질병이 된 몸속의 화를 긍정적인 방식으로 승화하는 나름의 의식이 됐다. 좀 더 구체적으로 말해보자면, 그는 영화 속에서 베이고 뜯기고 잘리는 희생양에 그날 그를 괴롭혔던 직장 상사들을 대입하곤 했다. 최다 출연자는 뭐니 뭐니 해도 박 부장이었다. 최근엔 상사는 아니지만 최의 출연 빈도도 높아지고 있었다.

어젯밤엔 유명한 미국 좀비 드라마를 한 편 보고 잠들었는데, 어쩌면 그 화면의 잔상이 아직도 기억에 남아 일종의 착시를 불러일으킨 것인지도 몰랐다.

"김 대리야, 뭐 하냐. 고사 지내냐?"

김 대리는 상념에서 빠져나와 화들짝 박 부장을 돌아보았다. 못마땅한 표정의 박 부장이 "누군데?" 하고 물었다. 김 대리는 뭐라고 대답해야 할지 고민하다 "오 과장님이요"라고 답했다. 박 부장이 오만상을 찡그렸다.

"거 참, 회의라고 아까 말했는데 여기까지 쫓아오긴 왜 쫓아와? 그냥 가라 그래."

"옙."

무조건반사처럼 대답부터 하긴 했지만 속에선 막연한 거부감이 일었다. 그는 문고리를 내려다보았다. 문을 열었다 닫은 후로 노크 소리는 멈춰 있었다. 간 것 아닐까? 그게 뭐가 됐든. 오 과장이든…… 무슨 생각을 하는 거야. 당연히 오 과장이지.

"뭐 해? 곧 점심인데 빨리 끝내야 할 거 아냐."

"저 그게…… 가신 것 같은데요."

김 대리를 비웃듯 통, 통, 통 소리가 다시 시작됐다. 문득 손으로 두드리는 소리가 아닌 것 같다는 생각이 들었다. 더 둔탁한 무언가가 부딪히는 소리였다. 예를 들면, 머리라든가.

박 부장의 얼굴이 한 단계 더 불퉁해졌다.

"장난하냐. 빨리 가라 그래. 아, 왜 이렇게 굼떠?"

"아, 옙. 죄송합니다."

김 대리는 박 부장의 입에서 '기본' 소리가 또 나오기 전에 문고리를 잡았다. 자신이 헛것을 보았다고 생각하면서도 묘한 불안감에 등골이 오싹오싹했다. 그래, 이건 본능이었다. 본능이 문을 열지 말라고 경고하고 있었다. 하지만 전형적인 한국의 가정, 한국의 학교에서 윗사람을 향한 이유 없는 복종을 체화하며 자란 김 대리는 습관대로 본능보다 복종을 택할 수밖에 없었다. 김 대리는 에라, 하는 마음으로 문을 당겨 열었다.

"키야아아악!"

마주 선 오 과장이 입술을 벌려 괴성을 내질렀다. 아니, 잇몸과 이만 남아 있으니 그건 입술이라 부를 수 없었다.

삐—

누군가의 휴대폰에서 긴급재난문자 알림이 울려 퍼졌다.

1

[24시간 전]

 팔랑팔랑 흩어진 종이들이 요란한 소음과 함께 바이킹을 타듯 허공을 휘젓고 책상 위로 내려앉았다. 김 대리에게 그 소리는 전날 '풀야근'으로 겨우 완성한 보고서가 휴지 조각이 되는 소리이자, 오늘의 야근을 예고하는 소리로 들렸다.
 "야, 김 대리. 너 이게 맞아?"
 머리 위로 박 부장의 살벌한 면박이 날아들었다. 김 대리는 '방어 모드'에 돌입했다. 허리를 45도로 구부리고, 고개를 푹 숙이고, 두 손을 공손히 모으고, 자신의 부족함에 송구하고 침통하기 짝이 없으니 내려주시는 가르침을 적극적으로 배우고 받잡겠다는 듯한 표정을 지어 보였다. 정신은 다른 곳으로 보내는 게 포인트였다. 이를테면 '오늘 점심 뭐 먹지……' 같은.
 그러나 썩 효과가 좋지는 않았다. 박 부장은 몇 마디 말로 효율적이고도 효과적으로 상대에게 모멸감과 자괴감을 선사하는 말재주를 가지고 있었다. 한 귀로 듣고 한 귀로 흘리려 애써봐도 잠시뿐이었다. "넌 기본이 안 돼 있다"로 시작해 "그 정신머리로 어떻게 밥벌이를 하고 사냐"를 거쳐 "초등학생을 데려다놔도 이것보단 낫겠다"로 끝맺어지는 약 30분간의 갈굼 폭격에 김 대리는 정신적 녹다운을 겪어야 했다.

"가. 가서 다시 해 와. 퇴근 전까지 내 자리에 올려놔. 알았어?"

"……옙."

다음 날 아침에 바로 볼 것도 아니면서 왜 매번 퇴근 전까지인가요, 라고 물을 패기가 김 대리에겐 없었다. 흩뿌려진 보고서를 주워 들고 터덜터덜 자리로 돌아가는 내내 자신을 힐끔대는 사무실 사람들의 시선이 느껴졌다. 뒤늦게 민망함이 고개를 들었다.

김 대리가 있는 곳은 세 개 부서가 함께 사용하는 약 60평 면적의 공간이었다. 어느 부서의 사무실이라고 특정할 수 없으니 사람들은 이곳을 '통합 사무실'이라고 불렀다. 중앙에 서서 복도를 바라보는 것을 기준으로 좌우가 긴 직육면체 형태로, 오른쪽 벽은 작은 창문이 두 개 위치한 건물의 외벽이었고, 왼쪽 벽에는 탕비실로 통하는 문이 있었다. 뒤쪽은 4차선 도로와 건너편 건물들이 건너다보이는 커다란 통창, 앞쪽은 사람 키 높이까지 반투명한 시트지가 붙은 유리벽이었다. 유리벽에는 복도와 이어진 두 개의 출입문이 있었다.

선배들에게 들은 바에 따르면 오래전 이곳은 원래 각 30평씩 두 개로 분리된 공간이었는데, 어느 날 회사 대표가 수평적 리더십 어쩌고 하는 책을 한 권 읽고는 뭐에 꽂혔는지 가벽을 헐고 하나의 공간으로 만들어버렸다고 했다. 각 부서가 한데 모여 '수평적'으로 '협업'하고 '소통'하는 공간으로 만드는 게 목표였다는데, 글쎄. 김 대리에게는 허구한 날 욕 먹는 제 모습을 타 부서에까지 수평적으로 널리 널리 알리는 공간으로 느껴질 뿐이었다.

자리에 앉아 화끈대는 얼굴을 보고서로 부채질하는 김 대리의 모니터 위로 회사 메신저 알림이 연달아 떴다.

— 형네 부장 아침부터 인성 무슨 일이야 (오전 11:40)

— 오전 내내 아주 줄줄이 쏘세지로 불려 가네 (오전 11:40)

— 마누라랑 싸웠나 (오전 11:40)

김 대리의 입사 동기이자, 같은 사무실을 쓰는 옆 부서의 유 대리였다. 유 대리는 그리즐리 베어 같은 덩치와 소도둑놈 저리 가라 할 만큼 험악한 생김새의 소유자인 한편, 회사 내 가십 중 그의 입을 거치지 않는 게 없을 정도로 수다스럽고 사교적인 성격이었다. 그만큼 오지랖이 넓어 사무실 안에서 일어나는 온갖 일에 관심이 많았다.

김 대리는 길게 한숨을 내쉬며 타자를 쳤다.

— 몰라 (오전 11:41)

— 미친놈인 듯 (오전 11:42)

곧장 답장이 날아왔다.

—오늘도 야근각? (오전 11:42)

김 대리는 메시지에 찍힌 시간을 보다가, 손에 든 구겨진 보고서와 노트북 옆에 쌓인 일감들을 차례로 내려다보았다. 벌써 오전 근무 시간이 거의 다 지나 점심시간까지 채 20분도 남지 않았는데 대체 왜 끝마친 일은 하나도 없고 할 일만 무더기로 남아 있는 것일까.

첫 번째 원흉을 꼽아보자면 누가 뭐라 해도 박 부장이었다. 박 부장은 '기분이 태도가 되는 사람'의 전형이었다. 기분이 좋을 때 과장 조금 보태서 흰 종이에 이름만 써 가도 '예스'인 반면, 기분이 좋지 않을 땐 글자 사이에 스페이스가 한 번 더 들어간 것 따위의 사소한 실수까지 모조리 잡아내곤 했다. 불행하게도 오늘은 심기가 특히나 불편한 날인지, 박 부장은 아침부터 지금까지 '결재 전' 자리에 올라온 서류들을 모조리 반려하는 기염을 토하고 있었다.

유 대리의 의문대로 진짜 부부싸움이라도 했는지, 재수 중이라는 딸내미의 성적이 더 떨어지기라도 했는지, 며칠 전 잔뜩 매수했다고 떠벌리던 테마주가 폭락이라도 했는지. 그 변화의 이유도 맥락도 시기도 정확히 알 수 없는 게 바로 박 부장의 '기분 코인'이었다. 조금 전까지만 해도 분명 기분이 좋아 보였는데 갑자기 입에서 불을 뿜거나, 오전에는 화가 잔뜩 나 있다가 오후엔 갑자기 시답잖은 아재 개그를 난사하며 껄껄대는 식이었다.

오후엔 또 어떻게 변할지 알 수 없었다. 결재받아야 할 서류가 '결재 전' 자리에 아직 두 개나 더 있지만 박 부장의 기분이 오후에도 그대로라면 남은 결재판도 갈굼과 함께 되돌아올 것이 뻔했다. 기한은 높은 확률로 오늘 퇴근 전까지일 테고. 김 대리가 할 수 있는 일이라곤 제발 오후에는 저 인간의 기분이 좋아지길 간절히 기도하는 것뿐이었다.

물론 어떻게 되든 야근을 피하진 못할 것이다. 몇 시까지 야근 하느냐의 문제지. 월요일부터 수요일인 오늘까지, 3일 연속 야근 예정이라는 김 대리의 대답에 유 대리는 'ㅉㅉ'라는 답장으로 유감을 표했다.

'이런 날에 오 과장님이라도 있으면 좋으련만.'

김 대리는 비어 있는 오 과장의 자리를 건너다보며 생각했다. 같은 부서인 오 과장은 박 부장의 호적수이자 부서 내에서 '보살'이라 불리는 인물이었다. 업무 능력은 말할 것도 없고 인성까지 좋아 박 부장의 폭거로부터 부서원들을 지키는 방파제 역할을 도맡고 있었다. 김 대리는 지금껏 오 과장이 아랫사람에게 불확실한 지시를 하거나 언성을 높이는 것을 단 한 번도 보지 못했다.

한편 오 과장은 박 부장에게만큼은 직언을 하는 편이었는데, 그러면서도 선을 칼같이 지키는 데다 업무에서 흠잡을 곳이 없다 보니 그 지랄맞은 박 부장도 오 과장 앞에서는 한풀 꺾인 태도를 보였다. 오 과장을 싫어하는 동시에 어려워하는 것 같았다. 꼬장을 부리긴 해도 기껏해야 결재를 빨리빨리 해주지 않거나, 아이 일로 연차를 쓸 때 눈치를 주는 정도였다.

부서를 막론하고 사람들 사이에선, 목소리만 크지 결정과 책임을 회피하기로 유명한 박 부장 밑에서 그나마 팀이 굴러가는 건 오 과장 덕분이라는 평이 우세했다. 김 대리는 신기할 뿐이었다. 박 부장 같은 인간과 10여 년을 함께 일했음에도 파탄 나지 않은 그녀의 한결같은 인성이.

그러나 오 과장은 최근 TF팀*에 차출되어 전략 회의니, 협력사 미팅이니 하는 일들로 사무실에 없을 때가 많았다. 오늘만 해도 지사 출장으로 하루 종일 자리를 비울 예정이었다. 비가 주룩주룩 내리는데 우산이 없는 격이니, 점심시간이 코앞에 다가왔음에도 사무실의 분위기는 암울했다. 평소 점심시간이 가까워질수록 점점 얼굴이 환해지는 송 주임까지도 표정이 영 좋지 않을 정도였다.

아니 단 한 명, 살얼음판 같은 분위기에도 한결같이 산뜻한 기분을 유지하는 인간이 있긴 했다.

바스락, 울려 퍼진 소리에 김 대리는 왼쪽으로 고개를 돌렸다. 옆자리 주인의 손이 막 초코칩 포장을 뜯는 중이었다. 석 달 전

---

* Task Force: 특정 목표 달성을 위해 임시로 편성한 특별 기획 팀.

입사한 신입사원 최였다. 안 그래도 '하드 모드'이던 김 대리의 회사 생활 난이도를 근 석 달 사이 '베리하드 모드'로 끌어올린 존재이자, 매일 김 대리의 정시 퇴근을 방해하는 두 번째 원흉이며, 걸어 다니는 저혈압 치료제이기도 했다.

조금 전 박 부장에게 탈탈 털린 보고서만 해도 원래는 최가 미리 초안을 작성해 김 대리에게 넘기기로 돼 있었던 건이었다. 김 대리는 2주일 전, 최에게 '차주' 금요일까지 보고서 초안을 완료해 넘겨달라고 요청했다. 박 부장이 다음 주였던 최종 기한을 오늘로 갑작스레 당긴 것과는 무관하게 초안은 이미 저번 주에 완성된 상태였어야 하는 것이다. 그러나 어제 확인한 바, 보고서 초안에는 제목만 달랑 적혀 있었다.

왜 하나도 안 돼 있냐, 모르겠거나 어려운 부분이 있으면 물어보라고 하지 않았냐, 저번에 물어봤을 땐 분명 쓰는 중이라고 하지 않았냐고 김 대리가 묻자 최는 눈을 동그랗게—작은 눈이 허용하는 최대한도 내에서—뜨고 볼멘소리를 했다.

"대리님이 기한을 말 안 해주셨는데요?"

어이가 없어 기한을 명시한 메신저 내용을 캡처해서 보냈더니, 돌아온 것은 더욱 경악스럽게도 '차주'가 '다음 주'임을 몰랐다는 대답이었다. 모르면 찾아봤어야 하는 게 아니냐는 김 대리의 다그침에 최는 도리어 뚱한 표정으로 입을 꾹 다물었다. 사람 기분 이상하게, 가운뎃손가락으로 동그란 안경테 중앙을 밀어 올리면서.

'남 탓하다 불리하면 입 다물어버리기'는 최의 주특기이자, '남 탓'에서 높은 빈도로 '남'을 담당하고 있는 김 대리의 전의를 대번에 상실케 하는 비기라 할 수 있었다. 결국 김 대리는 백기를 들었고, 보고서를 처음부터 새로 작성하느라 밤 10시까지 야근을 해야 했다. 최는 6시 정각에 맞춰 번개같이 사라진 후였다. 이런 일이 한두 번도 아니었다.

석 달 전, 최를 처음 봤을 때부터 뭔가 쎄하기는 했다. 두꺼운 안경알 아래 안광 없는 동태눈이, 도무지 속을 알 수 없는 맹한 표정이. '짬'대로라면 당시 막내였던 송 주임이 최의 사수가 돼야 했지만, 박 부장은 미혼 남녀를 붙여놓으면 눈이 맞는다는 시대에 역행하는 말로 최를 김 대리의 꽁무니에 달아놓았다.

귀찮긴 했지만 지긋지긋한 '남자 막내' 자리를 내려놓을 수 있겠다는 반가운 마음도 있었다. 군대에서 맞후임을 받았을 때처럼 잘해주고 잘 키워야겠다는 생각도 했다. 눈빛이 좀 이상한 게 마음에 걸리긴 해도 허우대가 멀쩡하니 A4용지 더미나 정수기 물통도 잘 들겠지 싶었다. 교육 기간 내내 뭘 적지도 않고 멀뚱거리기에 좀 적으라고 채근하자 메모장 대신 태블릿PC인 '사과패드'를 꺼내 들었을 때까지만 해도 '요즘 애들이 다 그렇지' 정도로만 생각했다. 그러다 한 달이 채 지나기도 전에 김 대리는 깨달았다. 이놈이 보통 폐급이 아니라는 걸, 역대급이라는 걸.

최에게는 회사 생활의 필수라고 할 수 있는 세 가지 자질이 거의 없다시피 했는데, 첫 번째가 일머리요, 두 번째가 책임감이요, 세 번째가 위아래였다. 뭘 시킬 땐 서너 번을 거듭 설명해야 알아듣는 것은 물론, 여러 번 가르쳐준 내용을 두 번이고 세 번이고 되묻기 일쑤였으며, '설마 이렇게 할 미친놈은 없겠지' 싶은 방법을 귀신같이 찾아내 그대로 일을 벌여놓곤 했다.

그뿐인가. 기한을 지키는 법이 없는 데다, 문제가 생겼는데도 보고하지 않고 숨기다 일을 키운 적도 있었다. 그런 주제에 사무용품 채워 넣기나 부재중 전화 당겨 받기 같은 허드렛일을 넘길라치면 미꾸라지처럼 내빼곤 했다.

먹을 건 왜 또 그렇게 밝히는지. 최의 오리같이 통통한 입술은 오로지 핑계를 대거나 뭔가를 먹는 데에만 사용되는 것 같았다. 통합 사무실의 탕비실은 사무실을 공유하는 세 부서가 한 달씩 돌아가면서 관리하고 있었는데, 최가 시도 때도 없이 탕비실을 털어먹는 탓에 다른 부서 담당자가 김 대리에게 넌지시 항의한 일도 있었다. 최가 들어온 후론 먹을 게 남아나질 않는다고. 반대로 최에게 탕비실 간식 구매를 맡겼을 땐 별 희한한 편의점 신상 과자 같은 것들만 들여놔 사내 익명 게시판에 김 대리의 부서를 저격한 글이 올라오기도 했다.

최를 대신해 욕먹는 일은 거기서 그치지 않았다. 사고를 칠 때마다 최가 "김 대리님이 그렇게 하라고 했는데요"라며 제 사수를 팔아대는 통에, 더불어 당사자인 최와는 말이 통하지 않는다는 이유로 상사들은 최 대신 김 대리를 불러 혼냈다. 김 대리로서는 억울해 죽을 노릇이었다. 성격상 차마 화를 낼 순 없어 최를 타일러도 보고 달래도 봤지만 달라지는 게 없었다.

그쯤 되자 한평생 '착한 게 이기는 거다'를 신조로 삼아온 김 대리도 더는 참을 수 없게 됐다. 그도록 최가 그를 가만 놔두질 않았다. 얼마 전 김 대리가 한 주 내내 준비한 발표 자료를 최가 날려먹었을 때, 최는 사과는커녕 이렇게 지껄였다.

"헉, 미리 백업을 해두시지."

그 말에 마침내 폭발한 김 대리는 최를 옥상으로 불러내고야 말았다. 지금까지 꾹꾹 눌러 참았던 분노를 육두문자에 담아 내뱉을 결심을 하고야 말았다. 그러다 보고야 말았다. 웬일로 공손히 두 손을 모은 최의 팔목에 감긴 '사과워치'를, 그 조그마한 화면에 뜬 '녹음 중' 표시를.

그걸 본 순간 분노는 썰물같이 밀려 나가고 일종의 해탈 상태가 찾아왔다. 똥이 더러워서 피하지 무서워서 피하느냐지만 김 대리가 보기에 이 정도면 최는 '무서운 똥'이었다. 함부로 치우려 들었다간 도리어 김 대리의 입으로 뛰어들 그런 똥. 그 후 김 대리는 최를 놓아버리기로 했다. 계도해 보겠다는 의지도, 잘 키우고 잘해주겠다는 다짐도 던져버리기로 했다. 그저 기본만이라도 해주길, 현상 유지라도 해주길 바랄 뿐이었다. 마치 김 대리의 주식 계좌처럼 최의 업무 수준이 하루하루 최저점을 갱신하고 또 갱신할지라도.

입을 쩍 벌리고 초코칩을 밀어 넣던 최가 시선을 느꼈는지, 김 대리에게로 눈을 돌렸다. 신경을 꺼버리기로 결심했음에도 김 대리는 입가에 과자 부스러기를 묻힌 최의 얼굴만 봐도 저절로 열이 뻗쳤다. 이제 보니 최의 책상 한편에는 빈 과자 봉지가 한 가득 쌓여 있었다. 오늘도 온종일 처먹고 있는 모양이었다. 최의 모니터 화면엔 보안 필름이 붙어 있어서 뭘 하는지 보이지도 않았다.

"왜요?"

최가 우걱우걱 입을 움직이며 물었다. 김 대리는 떨떠름한 미소를 지어 보였다.

"……아니, 뭐. 많이 먹어요."

최가 미심쩍다는 표정을 지은 채 가운뎃손가락으로 안경을 추어올리더니 다시 모니터로 고개를 돌렸다. 김 대리의 머릿속에선 오랜 의문이 다시금 고개를 들었다. 얜 눈치를 보지 않는 것일까, 아니면 진짜로 눈치가 없는 것일까. 전자라면 '악'이고, 후자라면 '순수 악'이라 해야 할 터였다. 어느 쪽이든 뒤통수를 때려주고 싶다는 점에선 다르지 않았다.

유 대리로부터 몇 마디 말이 더 날아왔다.

─보나 마나 또 그 신입 때문이겠지 (오전 11:45)

─ 진짜 날 잡고 지랄 한번 해 (오전 11:45)
─ 그런 새끼들은 잘해줘 봐야 소용없어 형 호구만 잡힌다니까 (오전 11:45)

유 대리는 평소 거절도 싫은 소리도 잘 못하는 성격 때문에 늘 손해를 보는 김 대리에게 걱정 반 장난 반으로 '호구' 소리를 하곤 했다. 세 살 어린 유 대리의 타박에도 김 대리는 기분이 나쁘지 않았다. 유 대리가 아니더라도 '호구'는 어렸을 적부터 그를 줄곧 따라다닌 익숙한 별명이었으니까.

'아, 집에 가고 싶다…….'

김 대리는 눈을 감고 피로감으로 뻑뻑해진 눈꺼풀 위를 꾹꾹 눌러 마사지했다. 눈앞의 이 어둠이, 오늘 그가 퇴근하며 볼 하늘의 색깔일 터였다.

머리 위로 또 다른 누군가를 갈구는 박 부장의 일갈이 울려 퍼졌다.

"기본이 안 돼 있잖아, 기본이!"

2

 점심시간이 시작됐지만, 김 대리에겐 오전 내내 쪼그라들어 있던 어깨를 펴볼 만한 여유가 주어지지 않았다. 마음 맞는 사람끼리 삼삼오오 모여 자유롭게 식사하거나 자기 계발을 하러 가는 유 대리의 부서와는 달리, 김 대리의 부서는 '점심시간도 업무 시간의 연장'이라는 박 부장의 신념 아래 여전히 함께 모여 점심을 먹는 문화를 고수하고 있었다.
 박 부장은 절대 강요하는 게 아니니 편한 대로들 하라고 말했지만 그 말을 믿는 사람은 없었다. 아랑곳하지 않는 두 사람이 있을 뿐이었다. 부서의 막내 격인 송 주임과 최였다. 보디프로필을 찍겠다며 최근 다이어트를 시작한 송 주임은 점심때마다 "저 식단 중이라서……"라는 멋쩍은 한마디와 함께 코끼리 밥처럼 수북이 쌓인 샐러드와 단백질 셰이크를 들고 탕비실로 들어갔다. 최는 입사 후 얼마 안 가 이런저런 핑계로 점심 식사 자리에서 빠지더니, 이제는 정오만 되면 별다른 설명도 없이 커다란 무선 헤드셋을 끼고 어디론가 총총 사라졌다.

두 막내의 부재로 김 대리는 매일 식사 인원 취합과 메뉴 고르기, 고른 메뉴 '컨펌' 받기, 예약하기, 계산 후 정산하기를 모두 담당하는 신세였다. 게다가 오늘은 하필이면 비슷한 연차의 선배들이 모두 외근을 나가거나 병원에 간다며 자리를 비웠다. 그런 이유로 식사 인원은 네 명이었다. 박 부장, 황 차장, 성 과장, 그리고 김 대리. 상사들 수발들기와 비위 맞추기까지 온전히 김 대리의 몫이 된 것이다. 회사 근처 김치찌개집에 자리하자마자 김 대리는 상사들의 물컵에 물을 따르고, 각자의 자리에 티슈를 한 장씩 뽑아 올리고, 그 위에 숟가락과 젓가락을 가지런히 정렬했다.

"요즘 애들 참 대단해, 응?"

자리에 앉아 물수건 포장을 뜯으며 박 부장이 구시렁거렸다.

"나 때는, 어? 점심시간에 각자 먹고, 뭐, 친한 사람끼리 먹고, 운동 가고, 병원 가고, 그런 거 없었어. 무조건 팀 사람끼리. 응? 싫어도 좋아도 같이 먹는 거야. 그래야 한 식구라는 의식이 생기는 거거든. 거기서부터 팀워크가 시작된다, 이 말이야. 한솥밥 먹는다는 표현이 괜히 나온 게 아니라고. 안 그래, 황 차장?"

"그러게 말입니다."

박 부장의 옆자리에 앉은 황 차장이 하회탈 같은 눈매로 허허, 사람 좋은 웃음을 지으며 대답했다. "1안으로 갈까요, 2안으로 갈까요?"라고 물으면 늘 "1안도 옳고, 2안도 옳다"라고 말하는 그는, 일도 안 하고 간섭도 안 하기로 정평이 난 무색무취의 상사였다.

박 부장은 물수건으로 손바닥과 손가락 끝, 손가락 사이사이를 닦는 것도 모자라 이마와 옆얼굴, 목을 차례대로 닦더니 코를 한 번 풀고는 그것을 테이블 위에 올려놓았다. 닭도 직접 목 비틀어 잡는 시골에서 자란 데다 4년 차 고어물 마니아로 웬만해선 비위 상하는 일이 없는 김 대리마저도 고개를 돌려 피할 수밖에 없는 광경이었다. 우욱. 박 부장의 청결은 타인에겐 늘 치명적인 오염 요소였다.

"이러면 또 꼰대다 뭐다 할 텐데. 그래도 내가 안타까워서 말하는 거야, 안타까워서. 점심시간에 자기 계발하고, 쉬고, 요즘엔 뭐 다 그렇다는데……. 나는 그게 그렇게 좋은 건지 모르겠거든. 회사에 있는 시간이 사실은 다 업무의 연장선이고 그렇단 말이지? 결국엔 다 사람끼리 하는 일인데, 안 그래? 요즘 애들은 그런 걸 잘 모르는 거 같아. 뭐 다 싫대. 같이 식사하는 것도 싫고, 회식하는 것도 싫고, 간섭하는 것도 싫고."

"아유, 부장님, 요즘 애들 엠지세대 아닙니까."

박 부장의 맞은편이자 김 대리의 옆자리에 앉은 성 과장이 거들었다. 언제나 칼주름이 잡힌 정장에 스프레이로 고정한 세련된 머리 스타일을 고수하는 성 과장은 40대 초반인 제 나이보다 다섯 살은 어려 보였다. 모두에게 친절한 듯 보이지만 이해관계에 빠삭한 그는 오 과장과는 달리 박 부장의 심복이자 줄타기의 선수였다.

"그래, 그 엠진지 엠제트인지 나발인지 그게 다 애들 망쳐놨다니까. 요즘 세대가 원래 그렇다더라, 하니까 진짜 그래도 되는 줄 알고들 아주 막 나간다고. 안 그래? 야, 김 대리야, 안 그렇냐?"

세팅을 막 마치고 물을 들이켜던 김 대리는 박 부장의 부름에 놀라 입에 든 것을 그대로 컵 안에 뱉어냈다. 사레들릴 뻔한 목을 가다듬으며 "예, 예?" 하자 박 부장과 성 과장, 황 차장이 연달아 말을 쏟아냈다.

"가만, 그러고 보니 김 대리 쟤도 엠제트 아닌가?"

"아닐걸요? 얘가 좀 어려 보여서 그렇지, 이래 봬도 나이 많습니다, 부장님."

"김 대리가 몇 살인데?"

상사들의 시선이 김 대리에게로 쏟아졌다. 김 대리는 등에서 땀이 삐질삐질 배어 나오는 것을 느꼈다.

"저 올해 한국 나이로 서른여섯입니다."

김 대리는 어색한 미소를 지으며 대답했다. 만 나이로는 아직 서른네 살이라고 덧붙이고 싶었지만 아무도 그런 것엔 관심이 없을 것 같아 입을 다물었다. 박 부장과 성 과장, 황 차장의 말이 다시 순서대로 이어졌다.

"야, 네가 벌써 서른여섯이라고? 너 회사 들어온 지 몇 년 안 되지 않았냐?"

"한 4, 5년 됐을걸요? 나이에 비해 좀 늦게 들어왔을 겁니다, 얘가."

"그러네, 김 대리가 무슨 고시 준비하다가 잘 안됐다고 했던 거 같은데."

"어, 그러네, 맞네. 황 차장이 말하니까 나도 기억나네. 이야, 황 차장, 하여튼 이상한 데서 기억력 좋다니까."

상사들의 대화는 김 대리의 고시 실패 이력으로 시작해 "나이도 많고 관상이 너무 뺀질뺀질해서 안 뽑으려고 했는데 뽑았다" 같은 입사 비화에서 머물다 김 대리가 왜 아직도 장가를 못 갔는지, 왜 여자친구가 없는지에 대한 얘기까지 흘러갔다. 얼마 안 가 "여자 잘 만나야 한다"부터 "넌 결혼하지 마라" 등, 연애와 결혼에 관한 오만가지 훈계가 날아들었다. 김 대리는 반찬이 나오기도 전에 식욕을 모두 잃고 말았다.

속 쓰린 이야기들은 반찬과 가스버너, 김치찌개 냄비가 테이블에 오른 후에야 끝났다. "야, 맛있겠다" 하며 숟가락을 들던 박 부장이 뭔가가 생각났다는 듯 물었다.

"그래서, 김 대리 쟤가 엠제트라는 거야, 아니라는 거야?"

"맞는데, 좀 늙은 엠지인 거죠, 뭐."

성 과장의 농담에 상사들이 웃음을 터뜨렸다. 도대체 뭐가 재

있다는 건지 이해할 수 없으면서도 김 대리는 반 박자 늦게 웃음을 터뜨렸다. 하하, 하아아…….

10분 컷으로 식사를 마친 김 대리는 상사들과 함께 식당 입구에 놓인 자판기 커피를 뽑아 마시며 담배를 한 대 피우고, 회사에 돌아와 옥상에서 또 한 대를 피웠다. 오 과장이 있었다면 쉬는 시간만큼은 좀 따로 갖도록 교통정리를 해주었을 텐데, 오늘은 꼼짝없이 너구리굴 행이었다.

담배를 피우는 내내 박 부장은 골프 얘기를 늘어놓았다. 최근 골프를 시작했다는 성 과장은 괜찮은 브랜드 좀 소개해 달라는 둥 조만간 한 수 가르쳐달라는 둥 박 부장의 말에 열렬하게 반응했다. 황 차장은 말없이 담배만 태웠지만 가끔 끄덕이는 고개로 보아 그들의 대화를 모두 알아듣는 기색이었다.

골프는커녕 하는 운동이라곤 집에서 숨쉬기와 누워 있기가 다인 김 대리는 쏟아지는 용어들을 알아듣지 못해 허덕였다. 박 부장이 혀를 쯧쯧 찼다.

"야, 김 대리야. 내가 누누이 말하잖아. 너 골프 이제부터 배워야 한다니까? 이 골프도 다 사회생활이거든. 과장 달고, 차장 달고 그러고 시작하면 늦어. 성 과장도 좀 늦은 거야. 안 그래?"

성 과장이 한쪽 어깨를 돌리며 너스레를 떨었다.

"어휴, 맞습니다. 이게 생각보다 힘을 많이 쓰는 운동이더라고요. 부장님이 예전에 배우라고 하실 때 딱 배웠어야 하는데."

"그래, 그렇다니까. 뭐든 몸 성할 때, 젊을 때 배워놔야 하는 거야. 그래야 실력도 빨리 늘고. 너 그리고 사람이 일만 열심히 하면 재미없다? 취미도 좀 있고 그래야 여자들한테 인기도 얻는 거야. 김 대리도 장가가야지, 안 그래?"

박 부장이 김 대리의 어깨를 격려하듯 툭툭 쳤다. 오전 내내 죽이네 살리네 하더니……. '담배 타임'만 되면 박 부장은 언제 그랬냐는 듯 김 대리에게 친한 척을 해댔다. 웃긴 건, 내내 움츠러들어 있던 마음이 고작 그런 시늉에 조금이나마 풀린다는 사실이었다.

"일단 시작만 해, 시작만. 여기 성 과장, 황 차장, 나. 도와줄 사람 쌔고 쌨는데 왜 안 해."

그렇다 한들 이런 감언이설에 넘어갈 만큼 김 대리가 바보는 아니었다. 일단 시작만 하라고? 도와준다고? 진심이라면 더 기겁할 말이었다. 박 부장을 평일에 회사에서 보는 것만도 고역인데, 골프를 배웠다간 스크린 골프니 라운딩이니 평일 저녁이고 주말이고 끌려다닐 게 분명했다. 이미 선배들 중엔 그걸로 고역을 치르는 사람이 있었다.

김 대리는 아쉽고 통탄스럽다는 표정을 지으며 완곡하게 거절 의사를 표했다. 얼마 전 헬스를 하다 다쳐서 어깨 쓰는 운동을 할 수 없게 됐다고. 거짓말은 아니었다. 더 나이 먹기 전에 몸 한번 만들어보자, 하다가 어깨를 다쳐 회사 근처 정형외과에 다닌 게 불과 두 달 전이었다. 미리 끊어놓았던 6개월 치 헬스장 등록비는 기부금이 된 상태였다.

박 부장이 어허, 탄식을 터뜨렸다.

"너 무슨 목 디스크도 있다고 하지 않았냐? 하여간 가만 보면 허우대만 멀쩡하지, 애가 시원치가 않아. 몸이 썩었어, 아주. 너 벌써부터 그러면 내 나이 돼서 고생한다. 내가 네 나이 땐 인마, 복근도 있고 막 그랬거든. 응? 나중에 후회하지 말고 지금 몸 좀 잘 챙겨라. 젊은 거 금방 간다."

박 부장은 김 대리의 어깨를 한 번 더 툭툭 쳐주곤 다 피운 담배를 껐다. 이미 한 대를 다 피우고 팔짱을 끼고 있던 황 차장이 "들어갈까요?"라고 물었다. 김 대리는 조금 남아 있던 담배를 서둘러 스탠드 재떨이에 비벼 껐다. 성 과장은 조금 전까지만 해도 전자담배 연기를 내뿜고 있었던 것 같은데 어느새 옥상 문을 잡고 "가실까요?" 하며 서 있었다. 박 부장이 껄껄거리며 성 과장의 등을 격려하듯 두드렸다.

"우리 성 과장 내가 머리 올려줘야 하는데."

"저야 영광이죠, 부장님. 진짜 시간 괜찮으실 때 꼭 말씀 좀 해주십쇼."

"그래? 아이, 그래, 알았어."

김 대리는 웃음을 터뜨리는 상사들을 따라 종종거리며 옥상을 빠져나갔다. 등 뒤에서 옥상 문이 천천히 닫히며 끼이익 늘어지는 소리를 냈다. 문 쪽을 향해 무심코 고개를 돌린 순간, 김 대리의 시야를 채운 것은 사각형의 문틀 안에 갇힌 하늘이었다. 우중충한 회색으로 빛나는 늦봄의 하늘. 미세먼지를 주의하라던 안전안내문자가 떠올랐다. 먼지 냄새가 섞인 미지근한 바람이 불어 들어와 김 대리의 머리카락 사이를 간지럽혔다.

"김 대리, 안 가시나."

"아, 옙, 죄송합니다!"

황 차장의 부름에 김 대리는 얼른 몸을 돌려 계단을 밟아 내려갔다. 이윽고 옥상 문이 쿵, 소리를 내며 닫혔다. 바람 역시 숨을 죽였다.

3

 양치를 마치고 사무실로 돌아온 김 대리는 박 부장이 칫솔을 물고 탕비실로 들어간 사이 민첩하게 박 부장의 책상으로 향했다. 그러고는 오전에 '결재 전' 자리에 두었던 결재판 두 개 중 기한이 더 많이 남은 것 하나를 빼냈다. 오후에 박 부장의 기분이 괜찮아 보이면 그때 다시 올려둘 생각이었다.
 자리에 돌아와 앉는 김 대리의 눈앞으로 표면에 물기가 맺힌 일회용 플라스틱 컵이 내밀어졌다. 아이스 아메리카노였다. 컵 홀더에 익숙한 토끼 모양 로고와 함께 '달방아커피'라는 상호가 적혀 있었다.
 "형 불쌍해서 사 왔다. 센스 미쳤지?"
 유 대리였다. 각 부서의 생태계를 모두 꿰뚫고 있는 만큼, 점심시간 내내 상사들에게 시달렸을 김 대리를 위해 위로의 선물을 사 온 모양이었다. 분명 평범한 사이즈의 컵일 텐데, 솥뚜껑 같은 유 대리의 손에 들려 있으니 마치 아이들 장난감처럼 앙증맞은 크기로 보였다. 컵 옆으로 삐죽 나오게 뻗은 통통한 새끼손가락 역시 앙증맞긴 마찬가지였다. 유 대리는 물건을 잡을 때 새끼손가락을 펴는 습관이 있었다. 유 대리의 '동기 사랑 나라 사랑'에 감동한 김 대리는 넙죽 절하는 시늉을 하며 커피를 건네받았다.

"아 참, 형이 좋아하는 알바생, 오늘은 없더라?"

본인의 커피를 빨대로 쭉 빨아들이던 유 대리가 눈썹을 들어 올리며 음흉한 미소를 지었다. 김 대리는 속으로 '또 시작이군' 했다.

달방아커피는 회사 건물에서 두 블록 거리인 6층짜리 A플라자 건물 1층에 있는 개인 카페였다. 맛도, 양도, 가격도 특색 없이 평범한 데다가 더 가까운 곳에 저가 커피 프랜차이즈가 있어, 개업 당시 유 대리에게 한 번 끌려가 본 이후론 한동안 가지 않았던 곳이었다. 그러다 최근 2주일 사이 김 대리의 단골 카페가 된 곳이기도 했다. 오늘 아침엔 늦잠을 자는 바람에 들르지 못했지만, 김 대리의 책상 서랍엔 벌써 열 개가 넘는 토끼 그림 컵홀더가 쌓여 있었다.

그게 가십거리라면 눈에 불을 켜고 달려드는 유 대리의 촉을 건드린 모양이었다. 난 요즘 여기 커피가 맛있더라는 김 대리의 변명에도 불구하고, 유 대리는 김 대리가 출근길마다 달방아커피를 마르고 닳도록 드나드는 '진짜' 이유를 지난 며칠간 집요하게 추론해 왔다. 그 집 커피가 도무지 맛있다고 할 수준은 아니며, 무엇보다 김 대리가 프랜차이즈 카페의 가격 이점을 포기하고 맛을 추구할 만큼 섬세한 인간은 아니라는 게 의심의 주된 근거였다. 제법 날카로운 분석이었으나 유 대리의 추론은 반만 맞고 반은 틀렸다. 어찌 됐든 김 대리는 아무리 친한 동기라도 아직은 유 대리에게 진실을 말해줄 생각이 없었다.

"안 좋아한다니까 또 그 소리야. 딱 봐도 갓 고등학교 졸업했겠더만."

"아냐. 그래도 대학생은 돼 보이던데."

"그게 그거지, 인마. 내가 나이가 몇 갠데. 이제 일할 거니까 빨리 가."

유 대리는 "알았어, 알았어" 하며 한발 물러났지만 자리를 뜨진 않았다. 인사팀 조 부장이 이번에 코인으로 돈 꽤나 벌었다더라는 둥, 구매팀 구 대리가 아무리 봐도 그 팀 신입사원과 사귀는 것 같다는 둥 별별 소리를 떠들다가 점심시간이 끝나기 1분 전쯤에서야 몸을 돌렸다.

본인의 자리로 돌아가는 와중에도 유 대리는 송 주임에게 단백질 파우더를 그렇게 물처럼 타 먹으면 어떡하냐며 장난을 걸고, 성 과장에게 오늘 머리가 너무 잘되셨다는 재간을 떨며 사교성을 뽐냈다. 어떻게 저렇게 모두와 친할 수 있는지, 김 대리는 유 대리를 오랫동안 보아왔음에도 신기할 때가 있었다.

신기한 인간은 또 있었다. 오후 업무 시간이 시작된 순간, 늘 입고 다니는 와이드팬츠의 바짓자락을 펄럭이며 사무실 문을 통과해 들어온 최였다. 출근할 때도, 점심시간에도 어떻게 저렇게 매번 정각을 딱딱 맞춰 들어오는지 놀라울 따름이었다. 문 앞에 서 있다가 시계를 보고 타이밍을 맞추기라도 하는 걸까. 옆자리에 풀썩 앉은 최가 코를 킁킁대더니 인상을 찌푸리며 김 대리를 돌아보았다. 비흡연자인 최는 김 대리가 담배를 피우고 올 때마다 오만상을 찡그리고 코를 막으며 눈치를 주곤 했다. 김 대리는 괜스레 옷을 한 번 툭툭 털고 의자를 책상 쪽으로 당겨 앉았다.

이제 일 좀 시작해 볼까, 하며 아메리카노를 힘차게 빨아들이려는 그때, 탕비실에서 박 부장이 뛰쳐나왔다. 입에는 칫솔과 함께 치약 거품을 한가득 문 채였다.

"야, 여기 탕비실 개수대 물 안 나온다. 누가 시설팀에 연락 좀 해봐라."

'봐라'라는 말과 함께 박 부장의 입에서 동그란 거품이 퐁 튀어 올랐다. 김 대리는 빨대 중간까지 올라온 커피를 그대로 뱉어내며 주변을 살폈다. 사람들 사이에 찰나의 침묵이 흘렀다. 그러나 허공에서 교차하는 시선들은 조용하지 않았다. 그 눈빛들은 이렇게 떠드는 듯했다. 누가 움직일 거니, 일단 나는 아닌데.

김 대리는 습관적으로 손을 들 뻔한 자신을 억눌렀다. 사무실 수리 담당인 시설팀 과장은 김 대리에겐 기피 대상 1호였다. 뭐 그렇게 할 말이 많은지 김 대리만 마주치면 이야기보따리를 줄줄 풀어내는 통에 한 번 붙잡힐 때마다 몇십 분이 훌쩍 가버리기 때문이었다. 안 그래도 빼도 박도 못하고 야근하게 생긴 마당에 그런 잡일로 시간을 낭비했다간 오늘도 어제처럼 밤 10시를 거뜬히 넘기고 말 터였다. 3일 연속 풀야근만큼은 사양이었다.

억울한 마음도 조금 있었다. 애초에 시설팀 과장과 일방적으로 친해진 이유가 무엇이던가. 사무실에 문제가 생길 때마다 매번 김 대리만 시설팀에 연락하기 때문이었다. '예스맨' 김 대리라도 이런 일이 쌓이고 쌓이면 불만이 싹틀 수밖에 없었다. '잘해줘 봐야 소용없어, 형. 호구만 잡힌다니까.' 유 대리가 날린 메시지 속 한마디가 떠올랐다.

그러나 호구 팔자가 어디 가겠는가. 파티션 뒤의 송 주임이 갑자기 화려한 솜씨로 현란하게 타자를 두드리며 바쁜 척을 시작했다. 최는 박 부장의 말이 들리지조차 않는 것처럼 미동 없이 컴퓨터 화면만을 바라보았다. 손으론 새로운 과자 봉지를 팡, 뜯으면서. 그때 성 과장의 눈이 김 대리에게 꽂혔다. 부드러우면서도 단호한 시선이 명확한 메시지를 전해왔다. 김 대리, 움직여.

결국 오늘도 김 대리는 울며 겨자 먹기로 손을 들었다.

"그, 부장님, 제가 지금 하겠습니다."

*

결과적으로 김 대리는 풀야근을 피하지 못했다. 마치 온 세상이 그의 퇴근을 막으려는 것처럼 오만 잡일과 훼방이 쏟아진 탓이었다.

먼저, 고장 난 탕비실 개수대 때문에 낭비한 시간만 30분이었다. 시설팀에 연락해 상태를 설명하는데 5분, 장비를 들고 어슬렁어슬렁 올라온 시설팀 직원들에게 장소를 안내하고 상태를 다시 설명하는데 또 5분, 시설팀 과장에게 붙들려 업무 고충에 관한 일장 연설을 듣느라 20분. 그럼에도 개수대에는 끝내 사용 금지 표지판이 붙었다. 부품이 없다는 이유였다.

이제 진짜 일 좀 해볼까, 하며 자리에 엉덩이를 붙이기도 전에 김 대리는 또다시 박 부장에게 불려 가 한참을 털렸다. '결재 전' 자리에 놓인 서류에 대해선 "대체 네 쓸모가 뭐냐"는 평을 들었고, 점심시간에 몰래 빼두었던 서류에 대해선 "대체 언제 낼 거냐"는 닦달이 이어졌다. 점심시간 내내 비위를 맞추고 수발을 들었건만 역시나 부질없는 짓이었다.

겨우 자리에 앉은 다음에는 기다렸다는 듯 최가 김 대리의 복장을 터뜨렸다. 매주 목요일 아침은 김 대리가 참여한 프로젝트의 내부 회의가 열리는 날이었다. 회의 준비는 전통적으로 막내의 업무였다. 준비라고 해봐야 별것 없었다. 주로 사용하는 11층 회의실을 예약하고, 회의 자료를 스크린에 띄우고, 회의 장소에 커피믹스와 물, 종이컵을 가져다 놓는 것 정도였다.

김 대리의 생각으로는 침팬지도 얼추 할 수 있는 일이었다. 그에게 침팬지 정도의 지능으로 평가되는 최 역시 그 업무만큼은 지금껏 무난하게—김 대리의 회의 자료를 한 번 날린 것 빼고는—수행해 왔다. 그러니 김 대리가 최에게 "내일 회의실 예약 했죠?"라고 물은 것은 실제 수행 여부를 확인하는 질의가 아니라 완료했을 것을 전제로 한 습관적 재확인이었다. "아니요"라는 대답이 돌아올 것이라고는 추호도 생각하지 않은.

"안, 안 했다고?"

  김 대리의 입에서 저도 모르게 반말이 튀어나왔다. 여덟 살의 나이 차이에도 김 대리는 평소 최에게 꼬박꼬박 존댓말을 사용했는데, 최의 입사 초기에 기존 사내 분위기대로 반말을 썼다가 사내 익명 게시판에 '신입이라고 함부로 반말하는 선배 꼰대력 실화인가요?'라는 제목으로 저격을 당한 적이 있어서였다. 그걸 순간 잊을 정도로 김 대리는 지금의 상황이 당황스러웠다.

"못 한 건데요."

  입을 삐죽 내민 최가 웅얼웅얼 말을 이었다. 아까 전 예약을 하려고 보니 11층에 있는 두 개의 회의실이 모두 지난 주말부터 리모델링 공사를 시작해 사용할 수 없더라는 변명이었다. 김 대리가 듣기에는 뭔 말 같지도 않은 개소리였다.

"그러니까 내가 미리미리 좀 예약하라고 몇 번을…… 아니, 그럼 다른 회의실이라도 잡았어야죠."

"11층 회의실로 잡으라고 하셨잖아요. 안 되면 다른 회의실로 잡으라는 말은 안 하셨는데요."

최는 몇 주 전 김 대리가 자신에게 보냈던 메시지를 캡처해 보내왔다. 인트라넷에서 회의실을 예약하는 법을 상세하게 기재한 설명 뒤에 '11층 회의실 둘 중에 아무 데나 비어 있는 곳으로 잡으면 돼요'라는 말이 덧붙여 있었다. 황당한 변명에 말문이 막힌 김 대리를 향해 최는 당당한 표정으로 안경을 추어올렸다. 언제나처럼 가운뎃손가락으로.

"그렇다고 예약을 아예 안 했다는 게 말이 돼요? 회의 안 할 거예요?"

마음 같아선 이 융통성 없는 새끼야, 네가 무슨 컴퓨터냐고 노성을 내지르고 싶었지만 김 대리는 '참을 인' 자를 새기며 최대한 부드럽게 말하려 노력했다. 그러나 최는 그 정도 타박에도 기분이 상했는지 뚱한 표정으로 입을 꾹 다물어버렸다. 김 대리 역시 입을 꾹 다물었다. 목 밑으로 차오른 욕설을 눌러 참기 위해서였다. 대신 속으로 염불을 외웠다.

'흥분하지 말자. 이 새낀 그냥 침팬지다, 침팬지다…….'

그렇게 침팬지에게 패배한 김 대리는 결국 회의실 예약도 회의 준비도 모조리 떠맡게 됐다. 웬만한 회의실들은 이미 모두 예약이 차 있어 남은 장소는 같은 10층에 있는 소회의실뿐이었다. 10평 정도 면적에 창문도 없는 협소한 곳이라 본래 용도보다는 주로 사무용품을 쌓아두는 창고로 쓰이는 공간이었다. 들어가 보니 비품들이 아무렇게나 쌓여 있어 정리에만 또 30여 분을 써야 했다.

다시 자리로 돌아왔을 땐 이미 오후도 절반 넘게 지나가 있었다. 해야 할 일도 지나가 버렸으면 좋으련만, 그러긴커녕 차곡차곡 쌓여 김 대리를 기다리는 중이었다. 한 모금도 마시지 못한 아메리카노 속 얼음은 모두 녹아 있었다. 김 대리는 절감했다. 오늘 사무실 불을 끌 사람은 바로 자신이 되리라는 걸.

뒤늦게 일에 몰두하는 사이 퇴근 시간이 다가왔다. 사람들이 대거 사무실을 빠져나갔다. "형, 그래 돈이나 많이 벌어" 하며 떠나간 유 대리는 물론, 야근 유발범 박 부장과 최 역시 정시 퇴근의 영광을 누렸다. 박 부장은 사무실을 나서면서도 "너 또 야근하냐? 야근한다고 일 잘한다고 해주는 시대가 아니다, 너"라는 주옥같은 명대사로 김 대리의 심금을 울렸다. 최는 무선 헤드셋을 낀 채 매사 느려터진 평소와는 비교할 수 없을 만큼 재빠른 걸음으로 바짓자락을 휘날리며 사라졌다.

탕비실 컵라면으로 저녁을 때운 김 대리가 한참 만에 일을 마치고 고개를 들었을 땐 그나마 남아 있던 몇몇 사람들도 떠나고 김 대리만 홀로 사무실을 지키고 있었다. 사무실 유리벽 너머 복도도 인적 없이 조용했다. 손목시계의 시침은 '9'와 '10' 중앙에 놓여 있었다. 앓는 소리를 내며 뻑뻑한 눈 위를 문지른 김 대리는 몸을 일으켰다. 드디어 집에 갈 시간이었다.

정장 재킷을 한쪽 팔에 걸치고 가방을 둘러멘 김 대리는 사무실 불을 끄고 복도로 나왔다. 엘리베이터는 1층에 멈춰 있었다. 버튼을 누르고 주머니에 손을 꽂은 채 화면 속 숫자가 10에 다다르길 기다리는데, 어디선가 윙윙, 기계음 소리가 울려 퍼졌다. 복사기 작동음이었다.

등 뒤의 통합 사무실에서 나는 소리가 아니었다. 김 대리는 왼쪽으로 고개를 돌렸다. 복도 끝, 오른쪽으로 꺾이는 모퉁이 안쪽에서 나는 소리 같았다. 여자 화장실과 인사팀 사무실이 자리한 곳이었다. 여자 화장실에서 복사기 소리가 날 리는 없으니, 인사팀 사무실에 아직 사람이 남아 있는 모양이었다.

비상구와 남자 화장실 앞을 차례로 지나 모퉁이를 돌자 아니나 다를까, 환하게 불이 밝혀진 인사팀 사무실이 보였다. 김 대리는 내부를 들여다보기 위해 사무실 유리벽에 붙은 반투명한 시트지 위로 눈을 붙였다. 홀로 남아 복사기를 들었다 놓기를 반복 중인 가엾은 영혼이 보였다. 인사팀 정 인턴이었다.

팀장인 조 부장이 요즘 코인에 미쳐 일을 하는 둥 마는 둥 한다더니 고생은 밑에서 다 하는 모양이었다. 조 부장은 박 부장의 입사 동기이기도 했는데, 둘 다 조직에서 어떤 인간이 살아남는가를 보여주는 표본이라고 할 수 있었다. 아무리 그래도 인턴에게 야근이라니 인사팀이 이래도 되는 건가. 김 대리는 혀를 쯧쯧

차며 문을 열었다.

"안 가요?"

"엇, 김 대리님, 안녕하십니까!"

놀라 고개를 돌린 정 인턴이 깍듯하게 고개를 숙였다. 정 인턴은 빼질대는 최와는 달리 성실하고 예의 바르다는 평을 듣고 있었다. 최와는 대학 동기라는데, 같은 환경에서 어떻게 저렇게 상반된 존재가 나올 수 있는지 궁금할 따름이었다.

"복도 불 끄려다가 소리가 나서. 언제 가려고요?"

"조금만 더 하면 됩니다. 제가 끄고 갈 테니까 얼른 들어가세요, 대리님!"

정 인턴의 눈 밑엔 다크서클이 짙게 내려앉아 있었지만 그럼에도 20대 특유의 패기와 활기가 느껴졌다.

"밥은 먹었어요?"

"옙, 먹었습니다."

정 인턴이 사무실 안쪽에 자리한 탕비실 문을 가리키며 씩씩한 미소를 지어 보였다. 이제 곧 정규직 전환 여부가 결정된다고 들었는데 그래서 저렇게 무리하는 건가 싶어 안타까웠다. 간절하던 취준생 시절이 생각나 이해가 되기도 했다. 그렇다고 달리 해줄 만한 것은 없고, 빨리 일을 끝마칠 수 있도록 떠나주는 게 상책일 것 같아 김 대리는 손 인사와 함께 물러났다.

"조심히 들어가십쇼!"

기합이 잔뜩 들어간 정 인턴의 인사가 이어졌다. 최가 아니라 정 인턴이 직속 후배였다면 얼마나 좋았을까. 자신의 박복함을 한탄하며 김 대리는 엘리베이터 안으로 들어섰다.

4

 서늘했던 건물 내부와는 달리 길거리에는 미적지근한 밤공기가 흘렀다. 아직 5월 중순인데, 여름에 얼마나 더워지려고 벌써 저녁 날씨가 이런가 싶었다. 김 대리는 그가 빠져나온 회사 건물을 올려다보았다. 머리 위에 어둠을 짊어진 15층 빌딩이 그를 굽어보듯 서 있었다. 아직도 불이 들어온 창문이 드문드문 눈에 띄었다. 주변에 줄지어 선 빌딩들 역시 마찬가지였다. 다닥다닥 붙은 빌딩 속 창문들은 마치 별처럼 각자 다른 톤의 흰색으로 점점이 빛나고 있었다. 정작 도시의 불빛과 키 높은 건물들에 가려 하늘의 별은 잘 보이지 않는데도.
 밤이 늦도록 고군분투 중인 정 인턴을 마주쳐서인지 괜스레 옛날 생각이 났다. 이 무수한 별의 공간에 갇혀 있다는 것 자체로 마냥 기쁘던 때가, 매일매일 갈 곳이 있다는 사실에 감사하기만 하던 때가 김 대리에게도 있었다. 3년간 고시 공부를 하다 실패해, 남보다 늦은 나이와 설명할 수 없는 공백기를 떠안은 채 취업 준비만 또 1년을 했었으니까. 지금의 회사는 지원했던 수

십 개의 회사 중 유일하게 그를 최종 합격시켜 준 곳이었다. 그래서인지 신입사원 시절에는 목에 건 사원증이 꼭 구명줄처럼 느껴졌다. '평범한 삶'에서 밀려나 벼랑으로 떨어지기 직전, 겨우겨우 붙잡은 구명줄.

그러던 때가 있었는데, 사람 마음이란 게 원래 이렇게 간사한 걸까. 만5년이 지난 지금 김 대리는 이제 회사 이름만 들어도 자동으로 치를 떠는, 휴일엔 회사 쪽을 향해 오줌조차 누지 않는 완연한 직장인으로 진화해 있었다. 특히 이렇게 늦게까지 야근한 후 지하철역을 향해 패잔병처럼 터덜터덜 발걸음을 옮길 때면 이상한 안도감과 함께 속이 꽉 막힌 듯한 답답함이 밀려왔다. 언제들 가려고 아직도 저렇게 불을 밝히고 있을까. 언제까지 이렇게 살게 될까. 언제까지고, 이렇게 사는 걸까.

정 인턴의 미래가 나라면, 내 미래는 누구일까. 설마, 박 부장?

"ㅇㅇㅇㅇ."

김 대리는 몸서리를 쳤다. 다른 건 몰라도 그렇게 나이 드는 것만큼은 사양이었다. 웬만해선 그렇게 되기도 쉽지 않을 터였다.

그는 숨을 크게 들이쉬었다 내쉬며 등에 멘 가방을 추어올렸다. 사색에 빠져들기엔 고작 컵라면으로 끼니를 때운 배가 요동치고 있었다. 주변에서 우동이라도 한 그릇 하고 들어갈까 하다가, 수요일마다 집 앞 골목에 서는 순대 트럭을 떠올리곤 계획을 바꿨다. 1분이라도 빨리 집에 도착해 시원하게 샤워를 한 후 모듬순대에 맥주 한 캔 하면서 좀비 드라마나 한 편 볼 생각이었다.

그러나 하루 종일 시원치 않았던 운빨이 끝까지 발목을 잡을 모양이었다. 지하철을 코앞에서 놓치고 만 것이다. 몇 명의 사람을 띄엄띄엄 토해낸 차체는, 허겁지겁 달려 계단을 내려온 김 대리가 안전선을 밟았을 때 이미 속도를 내며 역사를 빠져나가고 있었다. 김 대리는 어깨를 축 늘어뜨렸다. 닫혀버린 스크린 도어에 산발 머리를 한 채 얼빠진 표정을 짓고 있는 자신의 모습이 비쳤다. 와이셔츠 절반은 바지 밖으로 삐져나와 있었다.

쿨럭, 젖은 기침 소리가 들려온 것은 엉망이 된 옷매무새를 정리하고 고개를 들었을 때였다. 언제 왔는지 모를 노년의 남자가 두 발짝쯤 떨어진 곳에 서 있었다. 60대 중반쯤으로 보이는 노인은 감색 바람막이에 회색 베레모를 눌러쓴 평범한 옷차림이었지만, 흰 마스크를 쓰고 있어 눈에 띄었다. 요즘엔 마스크를 쓰는 사람이 많지 않으니 어쩐지 생소하게 느껴졌다.

'환절기도 아닌데…… 독감이나 코로나라도 다시 도나? 아니면 미세먼지 때문에?'

무료함에 이런저런 생각을 해보는데, 노인이 갑자기 마스크 한쪽을 풀어 내리더니 허공을 향해 우렁찬 기침을 터뜨렸다. 침방울이 사방으로 흩뿌려졌다. 일부는 김 대리에게도 날아온 것 같았지만 노인은 딱히 신경 쓰지 않는 기색이었다. 당연히 사과도 없었다.

'저럴 거면 마스크를 왜 쓴 거야?'

김 대리는 황당함에 노인을 쳐다보았다가 얼른 다시 정면으로 고개를 돌렸다. 인상이 저절로 찡그려졌다. 침방울이 튄 것 때문이 아니라, 노인의 행동에서 다른 누군가가 떠올랐기 때문이었다. 그는 딱 저만한 연배의 노인 한 명을 알고 있었다. 주변에 누가 있든, 설령 대단한 권력자나 제 밥줄을 쥔 고용주가 있을지라도 기침이든, 담배 연기든, 험한 말이든 거침없이 뿜어댈 강퍅한 성미의 노인을. 바로 그의 아버지였다.

1년에 한두 번, 명절 때에나 통화를 할까 말까한 사이인 아버지와는 벌써 2년이 넘도록 냉전 중이었다. 군산에 있는 본가에 내려가지 않은 지도 딱 그만큼이 됐다. 부자의 사이가 그토록 소원해진 것은 3년 전 어머니가 오랜 투병 끝에 세상을 떠난 후였지만, 사실 그들의 불화는 훨씬 더 오래전부터 시작됐다.

김 대리는 유 대리가 걸핏하면 구박하는 자신의 '호구적 기질'이 유난히 권위적이고 강압적이었던 아버지의 훈육으로부터 온 것이 아닐까 가끔 생각했다. 이를테면 누군가에게 맞고 왔다가는 똑같이 때려주고 올 때까지 엄동설한에도 외동아들을 집에 들여보내 주지 않던 아버지의 그 방식이, 아예 갈등 자체가 생기지 않도록 손해를 감수하고 보는 자신의 성격을 만들어낸 것인지도 모른다고. 서른이 훌쩍 넘어서 하기엔 너무 늦은 생각이지만…….

"커어어어억!"

 베레모 노인의 가래 끌어 내는 소리가 자칫 멀리 흘러갈 뻔한 김 대리의 상념을 깼다. 노인은 손수건 안에 침을 뱉어내곤 그것을 반 접어 주머니에 집어넣었다. 다음 열차가 올 때까지 노인의 기침은 몇 번이고 계속됐다. 가만히 들어보니 저절로 튀어나오는 기침이 아니라, 가래를 뽑아내기 위해 억지 기침을 하는 듯했다.

 '담배를 많이 피우시나 보네.'

 김 대리는 자신도 담배를 좀 줄여야겠다고 생각하며 때마침 문이 열린 지하철 안으로 발걸음을 옮겼다. 베레모 노인 역시 옆문을 통과해 같은 칸으로 들어섰다. 빈자리에 앉은 김 대리는 가방을 무릎 위로 올려 껴안았다. 주변시로 베레모 노인이 노약자석에 앉는 것이 보였지만, 김 대리의 정신은 이미 물밀듯 밀려드는 피곤으로 혼곤해진 후였다.

 얼마 후, 어디에선가 울려 퍼진 커다란 기침 소리가 그의 귓전을 때렸다. 김 대리는 차창에 뒤통수를 쿵 박으며 깨어났다. 동시에 "이번 역은……" 하는 안내 방송 소리가 울려 퍼졌다. 뒤이어 흘러나온 역 이름을 들은 김 대리는 입가에 흐른 침을 닦지도 못하고 몸을 벌떡 일으켰다. 어느새 내려야 하는 역이었다. 그는 허둥지둥 가방을 다시 둘러메고는 열린 지하철 출입문을 빠져나왔다.

 "와, 하마터면 못 내릴 뻔했네……."

닫히는 문을 뒤로 한 채 김 대리는 뒤늦게 입가를 닦으며 안도했다. 어떻게 이렇게 딱 내릴 때 돼서 깼는지 새삼 다행이었다. 순식간에 벌어진 일이라 김 대리는 자신이 조금 전 차창에 머리를 박으며 깨어났다는 사실조차 인지하지 못했다. 때마침 자신을 깨운 것이 베레모 노인의 숨 가쁜 기침 소리였다는 것도 기억하지 못했다. 속도를 올려 역사를 빠져나가는 지하철의 차창 안, 베레모 노인이 검은 점액질 덩어리를 왈칵 토하며 쓰러지고 있음 또한 알지 못했다.

*

김 대리는 현관 앞에 쌓여 있던 2리터 생수 여섯 개 묶음을 발로 밀며 문 안으로 들어섰다. 손목에는 모듬순대 봉지가 달랑달랑 걸려 있었다. 문 옆에 달린 스위치를 켜자 8평짜리 원룸의 풍경이 한눈에 들어왔다. 침대 위 이불은 아침에 일어난 그대로 동굴 모양이었고 방바닥에는 옷가지들이 허물처럼 널브러져 있었다. 반겨주는 이 하나 없어도 김대리에게는 세상 그 어느 곳보다 편안한 장소인 집이었다.

샤워를 마치고 나니 오히려 피곤함이 더했지만, 김 대리는 부득불 책상 앞에 앉아 노트북을 켰다. OTT 사이트에서 어제 보던 좀비 드라마를 이어 재생하자 주인공들이 좀비 떼 사이를 지나가기 위해 죽은 좀비의 내장을 온몸에 휘감아 자신들의 체취를 감추는 장면이 나왔다. 김 대리는 좀비 내장과 순대의 형태적 유사성에는 아랑곳하지 않고 모듬순대와 캔 맥주를 세팅했다. 얼음처럼 시원한 맥주를 한 모금 마시자 온종일 몸 안에 갇혀 있던 체증이 쑥 내려가는 듯한 기분이 들었다. 뜨뜻한 순대 한 입엔 근심까지 다 녹아내렸다.

하루 중 유일한 자유시간을 만끽하던 김 대리는 새벽 1시가 다 돼서야 자리에 누웠다. 내일을 버티려면 이제 진짜 자야 한다는 것을 알면서도, 잠들었다 깨면 출근이란 생각에 휴대폰을 손에서 쉽게 놓지 못했다. 한참이나 '쇼츠 지옥'에 빠져 있던 그는 몇 번이나 휴대폰에 앞니가 깨질 뻔한 위기를 겪다 어느 순간 까무룩 잠이 들었다.

다음 날 아침, 김 대리는 5분 간격으로 맞춰놓은 알람을 다섯 번쯤 끈 후에야 잠에서 깼다. 눈만 감았다 뜬 것 같은데 벌써 아침이냐는 의문과 주말이 되려면 아직 이틀이나 더 출근해야 한다는 탄식이 머릿속에서 교차했다. 쇼츠 보지 말고 일찍 잘걸, 하는 뒤늦은 후회가 뒤따랐다. 차라리 지금 당장 지구가 멸망해버린다면, 아니 하다못해 좀비 세상이 돼버린다면 출근을 안 해도 될 텐데. 터무니없는 상상을 이어가던 그는 다시금 울려대는 알람에 마지못해 몸을 일으켰다.

번개같이 준비를 끝마치고 집을 나서기 위해 신발을 신는데,

휴대폰 화면에 남은 '부재중 전화' 표시가 눈에 띄었다. 새벽 5시 쯤에 온 전화의 발신인은 놀랍게도 '아버지'였다.

'잘못 누르셨나.'

혹시나 해서 메시지 함을 살폈지만 새로 온 메시지라곤 어제 순대를 사면서 결제한 카드 사용 내역뿐이었다. 김 대리는 곧 결론을 내렸다.

'잘못 누르셨군.'

아버지는 새벽 5시든 다른 시간이든 사이 서먹한 아들에게 먼저 전화를 걸 위인이 아니었다. 별다른 메시지도 없는 걸 보아 그냥 휴대폰을 건드리다 버튼을 잘못 누른 게 분명했다.

하여튼 양반은 못 되신다 싶으면서도 아버지에게 연락을 해 봐야겠다는 생각은 들지 않았다. 전화를 걸어봤자 무뚝뚝한 응답과 어색한 침묵만 오가다 채 5분도 되지 않아 아버지가 먼저 끊어버릴 게 뻔했다. 자신은 기분이 상하는 한편, 해가 다르게 나이 들어가는 아버지 목소리에 한동안 괜히 심란하기만 할 테고. 그러니 조금 찝찝하긴 해도 지금까지처럼 '무소식'을 유지하는 게 양쪽 모두에게 '희소식'일 터였다.

휴대폰을 주머니에 쑤셔 넣고 가방을 둘러멘 김 대리는 현관문을 열어젖혔다. 어제와는 달리 미세먼지 없이 아침부터 쾌청한 날씨였다. 그는 불편한 마음이 조금이나마 나아지는 것을 느끼며 문밖으로 제법 활기찬 발걸음을 디뎠다.

그것이 자신의 마지막 출근길임을 모른 채.

2장
Z-Day

5

 지난 14일 밤 오후 10시 반 경, 지하철에서 쓰러져 구급차로 호송되던 60대 남성 A씨가 구급대원을 공격하는 사건이 발생해 경찰이 수사에 나섰습니다. 피해를 당한 구급대원은 경상을 입고 현재 인근 병원에서 치료 중인 것으로 확인됐습니다. 공격 이후 A씨가 종적을 감춤에 따라 경찰은 A씨의 인상착의를 토대로 동선을 추적 중이며…….

 김 대리는 자신을 등지고 선 중년 남자의 휴대폰 속 뉴스를 어깨너머로 강제 시청 중이었다. 평일 아침 8시 지옥철 출근길다운 거리감이었다. 그래도 오늘은 사방으로 짓눌려 곡소리가 나는 수준까진 아니라는 점에서 상당히 널널한 날이라고 할 수 있었다. 김 대리는 고개를 쭉 빼고 주변을 둘러보았다. 까만 머리통들이 콩나물 대가리처럼 다닥다닥 붙어 선 풍경은 여느 때와 비슷했지만, 그 밀집도가 미묘하게 낮았다. 평소가 10이라면 오늘은 7에서 8 정도일까. 평소와 다른 점은 또 있었다. 오늘따라

마스크를 쓴 사람들이 종종 눈에 띄었다. 미세먼지가 드물게 '좋음'인 날인데도 헛기침이나 가래 끓는 소리가 유달리 많이 들려오는 듯했다.

그때, 지하철 문이 열리더니 갑자기 사람들이 와르르 밀려들었다. 타는 사람만 많고 내리는 사람은 없는 마의 구간이 시작된 것이다.

'그럼 그렇지, 널널은 개뿔.'

김 대리는 잠깐이라도 그런 생각을 한 것을 후회하며 곡소리를 길게 뽑아냈다. 몸이 이리저리로 짓눌리고 떠밀리는 사이 중년 남자가 훌쩍 멀어졌다. 중년 남자의 휴대폰 속, 구급차 옆을 나뒹구는 회색 베레모를 비춘 뉴스 화면 역시 시야에서 사라졌다.

"밀지 마세요!"

누군가의 짜증 어린 한마디가 후덥지근해진 지하철 안에 메아리쳤다.

*

숨 막히는 지하철역에서 빠져나온 김 대리는 회사 건물로 바로 직진하는 대신 빌딩 숲 뒤쪽 골목으로 향했다. 지난 2주일간 발이 닳도록 드나들어서인지 달방아커피의 직원은 김 대리가 입을 떼기도 전에 선수를 쳤다.

"아이스 아메리카노 라지 사이즈 맞으시죠?"

"아, 옙."

"네, 결제 도와드리겠습니다. 5천 원이세요."

너무나 친절한 나머지 '5천 원'에도 상냥하게 존대하는 그녀는 싹싹하고 밝은 미소를 갖고 있었지만, 그렇다고 해서 유 대리가 불어대는 '형이 좋아하는 알바생'이란 나팔이 진실이 되는 것은 아니었다. 음료가 만들어지는 동안 김 대리는 의자에 앉은 사람들과 카페로 들어오는 사람들의 면면을 조심스레 살폈다. 단발머리 여성이 시야에 스칠 때마다 김 대리의 심장이 덜컹거렸다. 2주일 전 아침의 설렘이 기억 속에서 불쑥 고개를 들었다.

그날, 김 대리가 출근길마다 들르던 저가형 프랜차이즈 카페 대신 달방아커피에 간 것은 순전한 우연이었다. 골목길 포장 공사 때문에 자주 다니던 길목이 막혀 떠밀리듯 빌딩 숲 뒷골목을 누비다 달방아커피를 발견한 것이다. 김 대리는 그제야 '맞다, 여기에 카페가 있었지'라는 생각을 했다. 동시에 인지했다. 이 카페가 '닥터윤정형외과'가 있는 A플라자에 자리 잡고 있다는 사실을.

닥터윤정형외과는 김 대리가 그 시점으로부터 약 한 달 하고도 2주 전, 헬스장에서 무게를 치다 다친 어깨를 치료한 병원이었다. 회사에서 가장 가까워서 별생각 없이 찾아간 곳이었는데, 병원 안에 진열된 고무나무 화환들을 보고 나서야 갓 개업했다는 것과 그런데도 벌써 환자들로 붐빈다는 것을 알게 됐다.

닥터윤정형외과의 원장은 당연하게도 닥터 윤으로, 김 대리와 비슷한 또래로 보이는 여성이었다. 진료실에 들어선 순간 김 대리는 살짝 충격을 받았다. 연하늘색 가운을 입고 있는 그녀의 모습이 김 대리의 오랜 이상형과 일치했기 때문이었다.

긴 목선을 드러내는 단정한 단발머리, 약간 까만 피부, 야무지면서 활달해 보이는 인상, 웃을 때 폭 파이는 보조개, 또랑또랑 신뢰감 있는 목소리까지. 촉진을 하겠다며 자리에서 일어난 그녀는 키도 컸다. 그녀가 김 대리의 어깨를 누르고 돌리고 당기며 검사를 하는 내내 김 대리는 긴장된 마음을 감추기 위해 숨조차 제대로 쉬지 못했다. 그러는 와중에도 저도 모르게, 닥터 윤의 왼손 약지에 아무것도 끼워져 있지 않다는 것을 확인했다.

닥터 윤은 명의이기까지 했다. 통증이 생긴 어깨뿐만 아니라 고질병인 목 디스크로 인한 목덜미 뭉침까지 몇 주 만에 씻은 듯이 나았다. 약을 먹는 둥 마는 둥 하다 물리치료나 두어 번 받고 말던 예전과는 달리, 진료 보러 오라는 날에 칼같이 가고, 먹으라는 약도 빠짐없이 먹고, 20만 원이 넘는 충격파 치료도 권유하는 족족 받아서일 수도 있겠으나 김 대리는 그저 닥터 윤의 의술에 감탄했다. 그만큼 그녀에게 한동안 정신이 빠져 있었다.

그렇다고 김 대리가 무언가 적극적인 행동을 취한 것은 아니었다. 전 여자친구와 헤어진 지도 어언 4년째. 연애 세포는 빈

사 상태가 된 지 오래인 데다 애초에 연애에 능통한 편도 아니었다. 무엇보다 김 대리는 자기 객관화가 잘 돼 있었다. 서울 한복판 금싸라기 땅에서 개인 병원을 운영하는 의사에게 키, 용모, 집안, 능력 무엇 하나 특출난 것 없는 평범한 회사원이 가당키나 하겠는가.

인상이나 신체 비율이 좋다는 소리를 종종 들어 보았지만 그것도 까마득한 20대 때의 일이었다. 게다가 진료를 봤을 뿐인 환자가 수작을 걸어온다니, 입장을 바꿔 생각하면 닥터 윤이 질색하거나 무서워할 수도 있을 것 같았다. 그런 실례를 범하고 싶은 마음도, 실례가 아니게 만들 자신감도 없었다.

치료가 끝난 후엔 핑계가 없으니 자연히 발길이 끊어졌다. 명의인 게 오히려 원망스러웠던 것도 잠시, 들썩이던 마음은 바쁜 일상 속에서 점차 잦아들다 잠잠해졌다. 가끔 뜬금없는 순간에 닥터 윤이 떠오를 때가 있었지만 그뿐이었다. 우연히 달방아커피에 방문하게 된 2주일 전 아침, 그곳에서 닥터 윤을 다시 마주치기 전까지는 그랬다.

"어어?"

달방아커피의 베이커리 진열장 앞에서 먼저 알은체한 사람은 오히려 닥터 윤이었다. 한 개 남은 샌드위치를 집어 들려던 김 대리는 거의 동시에 같은 샌드위치를 향해 뻗어온 손에 무심코 고개를 돌렸다가 굳어버렸다. 진료실에서만 봤던 닥터 윤이 눈을 동그랗게 뜨고 그를 바라보고 있었다. 진찰 가운이 아니라 베이지색 트렌치코트를 입고 있었지만 못 알아볼 수가 없었다.

닥터 윤은 가지런한 눈썹을 찡그리며 생각에 잠기더니 이내 무언가를 떠올린 표정으로 "회전근개……!"라고 중얼거렸다. 김 대리가 몇 주 전까지 어깨 회전근개 염증으로 치료를 받던 환자라는 걸 기억해 낸 모양이었다. 김 대리는 그녀가 자신을 병명으로라도 기억한다는 사실에 감격해 고개를 격하게 끄덕였다. 닥터 윤은 난감한 표정으로 사과했다.

"죄송해요, 환자분. 제가 사람 이름을 잘 못 외워서……."

"아, 아닙니다. 괜찮습니다, 괜찮습니다. 저 회전근개 맞는데요, 뭘."

김 대리는 머리를 긁적이며 웃었다. 그 이후부터는 기억이 하얗게 날아가는 경험이었다. 분명 2, 3분 정도는 스몰 토크를 했는데, 무슨 말을 들었는지, 무슨 말을 했는지 자세히 기억나지 않았다. 대화하는 내내 자신이 벌게진 얼굴로 실없이 웃었던 것과 닥터 윤에게 샌드위치를 한사코 양보한 것, 감사의 뜻으로 커피를 사겠다는 그녀에게 10년 치 용기를 끌어모아 "다음에 마주치면 사주세요"라는 대담한 말을 했던 것만이 기억났다.

그가 정신을 차렸을 때 닥터 윤은 샌드위치와 커피를 들고 코트 자락을 흩날리며 카페를 나서고 있었다. 그 뒷모습을 멍하니 바라보던 김 대리는 닥터 윤이 "좋아요, 다음에 마주치면 꼭 사드릴게요"라는 말과 함께 보조개 핀 미소를 지어줬다는 사실을 뒤늦게 떠올렸다. 밑도 끝도 없는 용기와 행동력이 솟아나기 시작한 순간이었다.

그때부터 지난 2주일간 김 대리는 거의 매일 아침 달방아커피에 출석 도장을 찍었다. 심지어 조금이라도 오래 카페에 머무르기 위해 기존보다 20분이나 일찍 기상 알람을 맞춰두기도 했다. 하지만 안타깝게도 지금까지 닥터 윤을 다시 마주친 적은 없었다. 김 대리의 출근 시간이 병원 운영 시간과 미묘하게 어긋나 있기 때문인 것 같았다. 그래도 아직 포기하긴 일렀다. 우연이 반복되면 필연이라던가. 평소 필연이니 운명이니 하는 걸 딱히 믿지도 않으면서 김 대리는 또 한 번의 우연을 기다리고 또 기다렸다. 진짜 마주치게 되면 무슨 말을 할지, 말을 걸 수나 있을지조차 알 수 없음에도.

"21번 손님, 아이스 아메리카노 나오셨습니다."

김 대리는 계산대에서 커피를 받아 들었다. 오늘도 두 번째 우연은 찾아오지 않을 모양이었다. 그는 아쉬운 마음으로 카페 안을 한 번 더 둘러본 후 문을 나섰다. 빨대를 입에 문 채 손목시계로 시간을 확인하며 골목을 돌아 나오는데, 갑자기 눈앞이 번쩍하는 충격과 함께 가슴팍으로 차가운 감각이 전해졌다. 김 대리는 흐억, 소리를 내며 넘어질 뻔한 몸을 바로 세웠다. 김 대리와 정면으로 부딪친 남자 역시 비틀거리다 멈춰 섰다.

"저기, 괜찮으……."

남자의 상태를 살피기 위해 고개를 기울이던 김 대리는 그대로 뒤로 떠밀렸다. 남자가 자세를 바로잡자마자 무작정 앞으로 돌진해 김 대리를 몸으로 밀치며 지나간 탓이었다. 김 대리는 황당함에 말문을 잃고 아메리카노에 흠뻑 젖어버린 자신의 앞섶과 바닥을 나뒹구는 플라스틱 일회용 컵을 번갈아 바라보았다. 그 사이 남자는 비틀대는 걸음으로 멀어지고 있었다.

"저, 저기요!"

김 대리의 부름에 남자가 뒤를 돌아본 순간, 김 대리는 다시 한 번 말문을 잃었다. 끼기기긱, 만약 남자의 움직임을 소리로 표현할 수 있다면 그런 소리가 날 것 같았다. 로봇처럼 이질적인 움직임이었다. 남자의 얼굴 역시 이질적이긴 마찬가지였다. 핏기가 하나도 없어 새하얗다 못해 회색처럼 보이는 얼굴에 눈은 움푹 파인 듯 퀭했고, 입술은 보랏빛이었다. 입가엔 뭔지 모를 검은 점액질이 묻어 있었다. 남자의 옷에도 커피가 튀었지만 그의 얼굴엔 난감함이라든지 짜증 같은 감정이 조금도 드러나지 않았다. 완벽한 무표정. 왠지 모르게 오소소 소름이 돋는 모습이었다.

'술에 취한 사람인가……?'

어느새 몸을 돌려 행인들 틈으로 비척비척 사라지는 남자의 뒷모습을 김 대리는 한동안 멍하니 바라보았다.

6

"여, 김 대리."

엘리베이터 앞에서 가슴팍에 묻은 커피 얼룩을 문지르던 김 대리는 익숙한 목소리에 고개를 돌렸다. 막 사원증을 찍고 로비 안으로 들어선 오 과장이 그를 향해 손을 흔들며 걸어오고 있었다.

"선배, 아니, 과장님, 출장 잘 다녀오셨습니까."

김 대리가 장난스레 깍듯한 조폭식 90도 인사를 날리자 오 과장이 웃음을 터뜨렸다. 워낙 친한 사이라 김 대리는 공적인 자리가 아닐 땐 오 과장을 선배라고 부르곤 했다.

"김 대리, 너 옷 꼴이 왜 이래?"

"아침에 커피 사서 들고 오다 쏟았어요. 한 입도 못 먹었네."

"잘한다, 잘해."

다가와 옆에 선 오 과장이 주먹으로 김 대리의 어깨를 툭 쳤다. 맞은 쪽 팔이 빠진 시늉을 하며 너스레를 떠는 김 대리의 눈에 문득 오 과장의 상태가 들어왔다.

오 과장은 여느 때처럼 흰색 블라우스에 차콜색 정장 재킷과 바지를 입은 단정한 옷차림이었다. 그러나 마주 본 얼굴은 평소와 달랐다. 화장기 없는 민낯은 피로로 가득했다. 늘 한 갈래로 묶고 다니는 머리카락은 말릴 시간도 없었는지 축축하게 젖어 재킷의 양쪽 어깨 부분을 물들이고 있었다.

"선배야말로 뭔 일 있었어요? 어디 아파요?"

"말도 마라, 새벽에 전쟁이었다."

오 과장은 다크서클이 내려앉은 눈 밑을 두 손으로 마사지하며 자초지종을 늘어놨다. 네 살배기 아들 현우가 밤새 앓아 잠을 한숨도 못 잤다는 얘기였다.

"분명 저녁까지만 해도 괜찮았거든. 너무 기운이 좋아서 오히려 힘들 정도였는데…… 밤늦게 자다 깨더니 갑자기 목이 아프다는 거야. 가래랑 콧물도 심하고 땀도 많이 흘리고. 그리고 이상한 게, 땀 색깔이 어땠는지 아니? 꼭 무슨 노폐물 빠져나오는 것처럼 회색인 거야. 가래도 그렇고. 놀라서 애 아빠랑 이것저것 약 먹이고 응급실에 가니 마니 했지. 다행히 열은 안 나서 일단 데려가진 않았는데…… 어린이집도 못 보냈어. 기운이 없어서 그런지 오늘은 엄마 가지 말라고 떼도 안 쓰더라."

"현우는 그러면 지금 어쩌고 있어요?"

"내가 휴가를 쓸래도 지금 상황에 그럴 수가 있니. 방법이 없어서 오늘은 애 아빠가 연차 썼지. 이따 병원 데려가라고 했어.

지금쯤 가고 있겠다. 별거 아니겠지, 뭐."

오 과장은 쾌활한 척 웃음을 지으면서도 씁쓸한 기색을 감추지 못했다. 김 대리는 함께 탄식했다. 오 과장이 TF팀 일에다 원래 하던 일까지 겹겹이 떠맡은 상태라는 건 김 대리도 잘 아는 바였다. 특히나 오늘은 TF팀 업무가 아닌 본 업무를 하는 날이니 연차를 냈다간 박 부장이 건수 잡았다는 듯 길길이 날뛸 게 뻔했다.

"일 시작도 안 했는데 벌써 집에 가고 싶다, 야."

"선배, 전 그냥 아침에 눈 뜨면 퇴근하고 싶어요."

시답잖은 말들을 떠드는 사이 엘리베이터 문이 열렸다. 김 대리와 오 과장은 어느새 그들 뒤로 줄을 선 열 명 남짓의 사람들과 함께 엘리베이터에 올라탔고, 사람들에게 밀려 엘리베이터 가장 안쪽에 자리했다. 10층 좀 눌러달라는 오 과장의 말에 누군가가 버튼을 대신 눌러주었다.

천천히 올라가는 숫자를 멍하니 바라보는데, 김 대리의 바로 앞에 선 긴 생머리 여자가 갑자기 어깨를 들썩거리며 크윽, 큭, 켁, 이상한 소리를 냈다. 사람들의 시선이 그녀에게로 쏠렸다. 뒤늦게 입을 막은 여자는 얼굴을 붉힌 채 가래 끓는 목소리로 죄송하다고 중얼거렸다. 사람들의 고개가 다시 원래대로 돌아간 후에도 여자의 켁켁 소리는 몇 번 더 이어졌다. 스스로 제어가 안 되는 것처럼 보였다.

여자의 옆에 선 남자가 여자에게 고개를 기울인 채 "괜찮아?"라고 작게 중얼거렸다. 김 대리는 남자를 알아보았다. 구매팀 구 대리였다. 친하진 않지만 몇 번 일 때문에 대화를 해본 적이 있었다. 어제 유 대리에게 들은 따끈따끈한 가십의 주인공이기도 했다. 유 대리가 쓸데없이 진지한 말투로 늘어놓던 잡소리가 떠올랐다. "아무리 생각해 봐도, 구매팀 구 대리랑 거기 신입사원이랑 사귀는 것 같아. 둘이 같이 있는 걸 몇 번 봤는데 촉이 빡 오더라니까. 형, 내 촉 장난 아닌 거 알지. 그냥 사수 부사수 바이브가 아냐, 절대. 100퍼센트 사귀는 거야."

별 관심 없이 들은 얘기였는데 이제 보니 유 대리의 촉이 맞아들어간 모양이었다. 김 대리는 연신 목을 큼큼대는 여자의 등을 남자의 왼손이 한번 다정하게 토닥인 후 원래의 자리로 돌아가는 장면을 목격했다. 둔한 편인 김 대리가 보기에도 평범한 동료 사이는 아닌 것 같았다. 아예 숨길 생각이 없는 건가 하는 의문도 들었다.

층층이 문이 여닫히기를 반복하다 10층에서 문이 열렸다. 엘리베이터엔 김 대리와 오 과장, 구 대리와 구매팀 신입사원만이 남아 있었다. 김 대리와 오 과장은 찰싹 붙어 있는 남녀를 우회해 엘리베이터 문을 빠져나왔다. 오 과장도 조금 전 김 대리가 본 장면을 보았는지 '좋을 때다' 하는 표정을 짓고는 여자 화장실 쪽으로 사라졌다.

김 대리는 사무실 문을 밀어 열었다. 들어서자마자 마주친 유 대리에게 네 촉이 맞더라고 말해줄 생각이었는데, 유 대리는 바쁜 기색으로 손사래를 치며 김 대리를 스쳐 지나갔다.

"형, 나 회의. 오늘도 파이팅."

노트북을 옆구리에 낀 유 대리가 복도를 뒷걸음질로 가로지르며 장난스레 주먹을 들어 보였다. 그런 유 대리에게 김 대리는 웃으며 '엄지척'을 날려주었다. 그러다 고개를 돌려 사무실 안 풍경을 마주하곤 저도 모르게 얼굴을 찡그렸다. 박 부장이 또 무슨 바람이 불었는지 자리에서 골프채 한 대를 들고 앉아 타월로 닦고 있었다.

'저건 또 무슨 신종 염병이래…….'

머리숱이 듬성듬성한 박 부장의 머리꼭지만 봐도 피곤이 절로 몰려왔다. 김 대리는 오늘은 제발 박 부장의 기분이 괜찮길 바라며 사무실 안으로 들어섰다.

그러나 오늘도 박 부장은 내내 저기압이었다. 어제와 다른 게 있다면 오늘은 분명한 이유가 존재한다는 것 정도일까.

"요즘 다들 왜 이러는 거야. 죄다 아프다고 드러누우니 이게 무슨 학곤지 회산지 구분을 못 하겠네. 하여튼 그놈의 코로나가 사람들 다 망쳐놨어. 나 참, 이런 말 하기 싫은데, 나 때는 아파 죽을 것 같아도 회사에서 일하다 죽겠다 그랬다고."

프로젝트 회의가 시작됐음에도 회의실에는 박 부장과 김 대리, 최 세 사람뿐이었다. 다른 참석 인원인 황 차장과 성 과장, 송 주임의 자리는 비어 있었다. 매년 연차 수당을 고스란히 받아 가는 걸로 유명할 만큼 휴가를 아끼는 황 차장은 웬일로 당일 연차를 냈고, 성 과장과 송 주임은 출근하긴 했지만 상태가 좋지 않았다.

항상 세련된 모습을 유지하던 성 과장은 평소와 달리 미역 줄기처럼 축 가라앉은 헤어스타일에 엉망인 옷차림을 하고 출근했다. 가래가 가득 낀 숨을 헐떡이던 그는 갑자기 구역질이 치밀어 올랐는지 입을 틀어막은 채 사무실을 뛰쳐나간 후론 보이지 않고 있었다. 송 주임 역시 비슷한 증상이었는데, 그 와중에도 시간 맞춰 단백질 셰이크를 먹겠다고 셰이커를 힘없이 흔들다 오 과장의 권유에 따라 의무실로 내려간 상태였다.

인원 절반이 빠졌으니 이 정도면 회의를 취소할 만도 한데 박 부장은 요지부동이었다. 요즘 사람들은 장인 정신이 없다느니 의지가 박약하다느니 하며 한참을 투덜대고는 기어코 프로젝트 회의를 강행했다. 황 차장과 성 과장에게 묻혀 가려던 김 대리는 졸지에 유일한 발표자가 되고 말았다.

회의는 늘 그렇듯 생산성도 의미도 결론도 없이 오로지 박 부장의 지적과 트집으로만 흘러갔다. 박 부장의 오늘 목표는 김 대리의 발표 자료를 한 장 한 장 물고 뜯고 씹고 맛보며 오전 근무 시간을 때우는 것인 듯했다. 누구는 애가 아파도 연차를 못 쓸

지경인데, 어지간히 할 일이 없는 모양이었다. 김 대리는 피피티가 띄워진 빔프로젝터 스크린 옆에 두 손을 공손히 모은 채 서서 생각했다.

'차라리 나도 아프고 싶다. 아님 저 인간이 아프든가.'

"김 대리야, 너 이게 맞아? 응? 내가 뭘 항상 중시하라 그랬어. 어? 뭐라 그랬어, 내가. 가독성, 인마, 가독성! 그럼 글자 포인트 크기가 저게 맞냐, 이 말이야! 대리씩이나 달고 아직도 이런 기본적인 것도 못 지키는데 대체 여기 있는 신입이 뭘 보고 배우겠어. 어엉?"

김 대리의 바람과는 달리 박 부장의 신랄한 혀는 오늘따라 더 강력한 화력을 자랑하는 중이었다. 원래대로라면 다 함께 분산해서 까일 것을 혼자 집중포화를 받고 있기 때문일까. 이 와중에도 최의 손끝에서는 연신 요란한 타자 소리가 울려 퍼져 김 대리의 정신을 사납게 했다. 적을 회의 내용도 없는데 쟨 대체 뭘 적고 있는 건지 궁금했다. 회의 때마다 최는 졸거나, 서류 귀퉁이에 뭔가를 끄적이거나, 시끄럽게 타자를 치는 등 딴짓을 일삼았다.

그렇게 두 시간이 넘도록 시달리자니 귀에서 피가 날 지경이었지만, 김 대리가 할 수 있는 일이라곤 방어가 안 되는 방어 모드를 취한 채 점심시간이 오길 기다리는 것뿐이었다. 정신은 회의실 너머 저 먼 어딘가로 보내면서.

'그래도 내일이면 금요일이네…….'

바로 그때였다. 언젠가부터 퉁, 퉁, 퉁 이상한 소리가 울려 퍼지고 있다는 사실을 김 대리가 문득 알아차린 것은.

퉁—

퉁, 퉁—

퉁, 퉁, 퉁, 퉁, 퉁, 퉁—

누군가가 회의실 밖에서 문을 두드리고 있었다.

7

"키야아아악!"

 김 대리가 회의실 문을 당겨 연 순간, 마주 선 오 과장이 입술을 벌려 괴성을 내질렀다. 아니, 잇몸과 이만 남아 있으니 그건 입술이라 부를 수 없었다. 누군가의 휴대폰에서 긴급재난문자 알림이 요란하게 울려 퍼지는 가운데, 김 대리는 달려드는 오 과장을 본능적으로 피해 옆으로 몸을 날렸다.

"뭐야, 무슨 일, 뭐야, 이거, 어어, 으아악!"

 오 과장이 기겁하는 박 부장에게 달려들었다. 의자가 밀리며 박 부장이 우당탕 쓰러졌다. 최가 비명과 함께 물러났다. 박 부장을 덮쳐 누른 오 과장이 검붉은 피에 젖은 채 그르렁대며 박 부장의 얼굴을 물어뜯으려 하고 있었다. 영화 속 좀비 같은 모습이었다. 아니, 좀비 같은 게 아니라…… 분명 좀비였다. 박 부장은 자신의 코앞에서 이를 딱딱 소리 나게 부딪히는 오 과장의 아래턱을 두 손으로 잡아 가까스로 방어하며 소리를 내질렀다.

"오 과장, 왜 이래, 갑자기! 오 과장! 정신 차려! 기, 김 대리! 나 좀 도와줘, 김 대리!"

 도저히 믿을 수 없는 상황에 아무런 행동도 하지 못한 채 굳어 있던 김 대리는 정신을 차리고 주변을 둘러보았다. 무기로 쓸 만한 것이라고는 나뒹구는 의자뿐이었다. 김 대리는 의자를 높이 들어 올렸다가 멈칫했다. 어디를 때려야 한단 말인가? 영화에서처럼 머리?

 박 부장을 내리누르고 있는 뒷모습은 분명 오 과장이었다. 얼굴과 몸 이곳저곳을 물어뜯겨 살점이 너덜거리고 옆구리로 내장이 반쯤 튀어나와 있을지라도, 이성을 잃은 채 괴성을 지르며 박 부장을 물어뜯으려 하고 있을지라도, 불과 몇 시간 전 엘리베이터 앞에서 김 대리와 대화를 나눴던 그 오 과장이 맞았다. 차마 머리를 내리칠 수는 없었다.

 "김 대리, 살려줘!"

 박 부장의 비명이 다시 울려 퍼졌다. 거의 물리기 직전이었다. 김 대리는 들어 올린 의자를 오 과장의 등을 향해 내리치듯 던졌다. 캬악, 소리를 내지른 오 과장이 가격당한 허리를 뒤틀며 몸을 일으켰다. 그 틈을 타 황급히 일어난 박 부장은 김 대리를 밀치고 혼자 회의실 밖으로 도망쳤다. 김 대리는 의자를 내던진 자세 그대로 얼어붙어 손을 떨었다.

 고개를 기이하게 꺾고 비틀비틀 뒤로 돌아선 오 과장의 생기 없는 눈은 반투명한 흰 막으로 감싸여 있었다. 턱에 매달린, 아마 이전에는 입술이었을 살점이 움찔거리는 얼굴 근육을 따라 나풀거렸다. 검붉은 찌꺼기가 붙은 앞니가 연신 맞붙으며 딱딱 딱딱 소리를 냈다. 그 모습을 제대로 마주한 순간, 김 대리는 전신을 직격하는 공포에 끅 소리조차 내지 못했다. 반면 벽에 붙어서 있던 최는 덩치에 맞지 않는 고주파 비명을 질러대기 시작했다. 오 과장의 흰 눈이 최를 향했다.

"끼아아아아아아악!"

오 과장이 날카롭고 긴 울음소리를 뽑아내며 최에게 달려들었다. 김 대리는 최의 뒷덜미를 잡아끌고 문을 향해 뛰었다. 퍽, 오 과장이 벽에 머리를 박는 섬뜩한 소리가 울려 퍼졌다. 그러나 오 과장은 멈추지 않았다. 머리 한쪽이 터져 알 수 없는 액체를 투둑투둑 흘리면서도 기괴한 신음과 함께 몸을 일으켰고, 회의실을 뛰쳐나가는 김 대리와 최의 뒤로 따라붙었다.

'선배, 미안해요!'

속으로 외친 김 대리는 뒤로 돌아 오 과장의 명치를 발로 강하게 밀어 넘어뜨렸다. 그러곤 회의실 문을 닫으려 했지만 문밖으로 삐죽 튀어나온 오 과장의 다리가 문틈에 덜컥 걸리고 말았다. 몇 번 더 시도하던 김 대리는 결국 문 닫기를 포기하고 최와 함께 다시 도망치기 시작했다.

복도는 서류들과 소지품들만이 굴러다닐 뿐 텅 비어 있었다. 우르르, 울리는 소리로 보아 사람들이 비상계단을 통해 빠져나가고 있는 것 같았다. 우선 건물을 나가자고 외친 김 대리는 이 긴급한 상황에 엘리베이터 버튼을 누르려 하는 최의 뒷덜미를 낚아채 비상구로 향했다.

비상구 문을 연 그들을 맞이한 것은 아래층에서 펄쩍펄쩍 뛰어 올라오는 박 부장이었다. 얼굴이 하얗게 질린 박 부장은 문간에 서 있는 김 대리와 최를 밀치고 들어오다 제 속도에 못 이겨 앞으로 콰당 넘어졌다.

"문, 문 닫아, 김 대리. 문!"

박 부장은 일어나려다 말고 등허리에 손을 짚은 채 소리를 내질렀다. 김 대리는 엉겁결에 문을 닫으려다 또 다른 누군가가 아래층에서 뛰어 올라오는 것을 보고 멈췄다. 유 대리였다. 그 뒤로 좀비들이 유 대리를 쫓아 구름 떼처럼 기어 올라오고 있었다. 개중에는 송 주임으로 보이는 좀비도 있었다.

위층에서도 몇 개의 그림자가 우당탕 굴러떨어지며 김 대리가 지키고 선 문 앞 계단참에 쌓였다. 사람이 아니라 좀비였다. 자기들끼리 뒤엉킨 채 몸을 일으키려는 좀비들에게서 뚜둑뚜둑 관절이 꺾이는 섬뜩한 소리가 났다. 어느 쪽이든 숨이 턱 막히는 광경이었지만 유 대리를 두고 문을 닫을 순 없었다. 김 대리는 유 대리를 향해 소리쳤다.

"유 대리, 뛰어!"

"형!"

김 대리를 발견한 유 대리의 표정이 순간 밝아졌다.

"김 대리, 문 닫으라니까!"

뒤에서 박 부장이 고래고래 소리를 질러댔다. 김 대리는 문을 잡은 채 유 대리에게 빨리 오라고 손짓했다.

"빨리!"

"혀엉!

유 대리가 문 앞까지 다다랐다. 김 대리는 유 대리의 큰 덩치가 들어올 공간을 확보하기 위해 문손잡이를 놓으며 성큼 뒤로 물러났다. 그러다 그만 걸음이 꼬여 뒤로 넘어지며 엉덩방아를 찧고 말았다.

저절로 닫히는 문 사이로 유 대리의 몸이 반쯤 들어왔다. 유 대리의 얼굴에 한순간 안도의 기운이 번졌다.

"형, 고마…… 허억!"

갑자기 유 대리가 앞으로 철퍼덕 넘어졌다. 엉덩방아를 찧은 자세 그대로 앉아 있는 김 대리의 발 앞으로 유 대리의 두 손이 손등을 위로 한 채 털썩 떨어졌다. 닫히던 문이 유 대리의 가슴께에서 턱 걸렸다. 그렇게 문틈에 끼인 유 대리의 몸은 이내 문밖으로 끌려가기 시작했다. 문밖의 좀비들에게 발목을 잡힌 것 같았다.

김 대리가 서둘러 몸을 일으켜 유 대리의 손을 잡으려 했지만 이미 늦은 후였다. 김 대리의 손이 바닥을 긁는 유 대리의 손끝을 스치고 허공을 휘저은 순간, 유 대리는 살려달라는 다급한 외침과 함께 문밖으로 빠르게 빨려 나갔다. 유 대리의 두 손이 잠깐 문틀을 붙잡는 데까지는 성공했지만 금세 힘을 잃었다.

쿵, 문이 닫혔다. 두꺼운 철문을 뚫고 유 대리의 참혹한 비명과 무언가를 뜯고 씹는 끔찍한 소음이 생생하게 울려 퍼졌다. 김 대리는 무릎을 꿇은 채 충격으로 얼어붙었다.

"끼아아아아악!"

넋을 빼고 있을 새도 없이 뒤에서 다시 한번 오 과장의 괴성이 울려 퍼졌다. 문에 꼈던 오른쪽 다리가 괴이한 각도로 꺾였는데도 오 과장은 다리를 질질 끌며 그들을 향해 돌진해 오고 있었다. 앞은 좀비들이 우글거리는 비상구, 옆은 오 과장. 선택지는 하나뿐이었다. 김 대리와 박 부장, 최 세 사람은 너나 할 것 없이 복도를 내달려 통합 사무실 안으로 뛰어든 후 문을 닫아걸었다. 쫓아오던 오 과장의 몸이 간발의 차로 문에 부딪혔다. 등을 대고 문을 막은 세 사람의 몸이 흔들릴 정도로 거센 충격이 쿵, 쿵, 쿵, 쿵 전해졌다.

얼마 후 텅, 소리와 함께 반투명한 유리벽에 피에 젖은 오 과장의 손이 얹어졌다.

8

―긴급재난문자: [서울특별시] 테러 의심 상황 발생으로 신고 다수 접수. 외출 자제 및 거동 수상자 발견 시 접근하지 마시고 즉시 112에 신고 바랍니다. 주의 지역: 용산구, 서초구, 강남구, 송파구, 동작구, 영등포구……

―긴급 뉴스입니다. 현재 서울 곳곳에서 불특정 다수의 시민을 대상으로 한 테러가 동시다발적으로 발생하여……

―현 시각, 서울 전 지역으로 확산하고 있는 소요 사태가 정체불명의 바이러스 감염 증상으로 드러나 충격을 주고 있습니다. SNS상에서 일명 '좀비병'으로 불리는 이 질병은 감염될 경우 사람을 대상으로 한 극도의 공격성과 식인 욕구를 보이는 것으로 알려졌으며, 특정한 행동이나 말을 반복하는 특이 증상 또한 보고되고 있습니다.

―긴급재난문자: [행정안전부] 서울·경기 신종 감염병 확산으로 인한 소요 발생. 외출 절대 자제.

―정부는 수도권을 중심으로 빠르게 확산 중인 일명 '좀비병'에 대처하기 위해 오늘 새벽 6시를 기해 국가 재난 위기 경보를 최상위인

'심각'으로 격상했습니다. 또한 군부대 투입을 통한 구조 및 강력 대응안을 발표했으며……

―ZS-25 바이러스, 일명 '좀비병' 바이러스의 감염원은 현재까지는 정확히 밝혀진 바가 없습니다. 다만 감염자에게 물리거나 감염자의 체액, 그러니까 피나 침, 콧물 등이 점막과 직접적으로 접촉할 경우 감염 위험이 높은 것으로 추정되며, SNS를 통해 확산 중인 호흡기 또는 물을 통한 감염 가능성은 현재까지는 근거가 없는 것으로 파악되었습니다.

―국민 여러분께 당부드립니다. 현재 대한민국 정부는 국민의 안전과 생활을 보장하고 사태 확산을 방지하기 위해 최선을 다하고 있습니다. 조속히 현 상황을 마무리하고 일상으로 돌아갈 수 있도록, 국민 여러분의 협조와 협력을 간곡히 부탁드립니다. 정부에서 제공하는 재난 문자와 정보에 귀 기울여 주시고, 특히 SNS상에 떠돌고 있는, ZS-25의 발원지가 '아리수'라는 근거 없는 낭설에는……

―교상으로 인한 감염의 경우 수 초에서 수 분, 체액 접촉으로 인한 감염의 경우 수 시간에서 길게는 1일의 잠복기를 가지는 것으로 알려졌습니다. 초기에는 인후통, 오한, 두통 등 감기와 유사한 증상을 보이나 발열 증상은 나타나지 않으며, 더 진행될 경우 가래와 콧물, 땀 등의 체액이 검은색으로 변하고, 무기력, 시력과 청력의 저하, 안색 변화, 감각 이상, 같은 말이나 같은 행동을 반복하는 증상 등이 ……

―일각에서는 현 사태의 원인으로 북한의 생화학적 테러 가능성을 제기……

―서울의 '아리수'를 비롯한 경기 지역의 상수도 수원지 곳곳에서 ZS-25 바이러스가 검출됨에 따라……

―오염 의심 지역의 상수 및 식수는 절대 사용하지 않아야 하며, 가능한 생수를 사용하되 제조 일자를 확인……

―국민 여러분께 알립니다. 현 시간부로 국가비상사태를 선포합니다. 외출 및 야외 활동을 모두 중단하고 자택에 머물러 주시기를 바라며, TV·라디오·민방위 방송을 계속 청취하여 정부의 안내에 따라……

―자택이나 안전한 곳을 찾아 머무르며 구조를 기다리십시오. 다시 한번 말씀드립니다. 현재의 장소에서 구조를 기다리십시오. 가능한 한 식량과 식수를 비축하고……

그리고 어느 순간, 모든 것이 조용해졌다.

3장 고립

9

 김 대리는 까마귀 울음소리에 눈을 떴다. 창문 밖의 까마귀는 빗자루와 와이셔츠로 만든 SOS 깃발 위에 앉아 있었다. 건물 틈새로 고개를 내민 태양이 붉게 탔다. 그는 뻑뻑한 눈을 깜빡이며 손목시계를 봤다.

 오전 5시 23분.

 예전이라면 7시 알람보다 한 시간 반이나 일찍 일어난 자신을 욕하며 다시 베개에 얼굴을 묻었을 시간이지만 지금은 달랐다. 더는 알람을 맞출 필요가 없었다. 전기가 끊긴 후론 해가 질 때 잠이 들고 해가 뜰 때 잠에서 깨어나는 게 당연해졌다.

 그는 책상 밑에서 몸을 일으켜 눈앞의 거대한 통창으로 다가섰다. 10층에서 내려다본 4차선 도로는 주인을 잃은 자동차들로 가득 차 게임 오버된 테트리스 같았다. 그 사이를 셀 수조차 없이 수많은 좀비가 느릿느릿 걸어 다니는 중이었다. 도로 곳곳과 하늘을 꼼꼼하게 훑어보았지만, 유감스럽게도 어제와 달라진 건 아무것도 없었다. 온통 죽은 것들뿐인 도시. 그는 차가운 유리창에 잠시 이마를 댔다가 돌아섰다.

김 대리는 책상 위에 올려져 있는 담배와 라이터, 자그마한 열쇠를 주머니에 쑤셔 넣고 창가에 세워놓은 장우산을 챙겨 파티션 밖으로 빠져나왔다. 손잡이에 '김봉식 님 고희연—귀한 발걸음 감사드립니다'라는 문구가 적힌 장우산은 몇 년 전 큰아버지의 칠순 잔치에서 받은 것으로, 기념품 이상의 내구성과 견고함을 자랑했다. 무언가를 후려치기에 딱 알맞을 정도로.

통창을 등진 채 기지개를 켜며 둘러본 사무실 안 풍경 또한 어제와 똑같았다. 이건 다행스러운 일이었다. 복도 쪽 두 개의 출입문 모두 잘 닫혀 있었고, 있어서는 안 될 존재가 걸어 다니지도 않았다. 다만 사무실 밖, 반투명한 유리벽 너머 복도에서 그림자 한 개가 스륵스륵 다리를 끌며 느리게 지나다닐 뿐이었다. 그의 '사무실 메이트'들은 아직 잠들어 있는지 다른 두 개의 파티션 안은 조용했다. 문밖의 그림자는 오른쪽 문 바깥을 막 지나쳐 복도를 따라 왼쪽 문으로 움직이는 중이었다. 김 대리의 목적지는 왼쪽 문과 더 가까웠지만, 그는 그림자를 피해 오른쪽 문으로 향했다.

그림자가 조금 더 멀어질 때까지 오른쪽 문 앞에서 발가락을 꼼지락대며 기다리던 그는 자신의 발을 내려다보았다. 양쪽 엄지발가락이 구멍 난 천 사이로 삐죽 튀어나와 있었다. 발소리를 내지 않기 위해 양말만 신고 다니니 이틀에 한 번꼴로 구멍이 났다. 누군가의 가방에서 찾아낸 반짇고리로 매번 기워 신고 있지만 이제는 천 자체가 얇아져 한계였다.

 김 대리는 출입문의 잠금을 풀고 문을 당겨 열었다. 고개를 슬그머니 내밀어 왼쪽을 보자 복도를 따라 한쪽 다리를 끌며 멀어져 가는 익숙한 뒷모습이 보였다. 오 과장이었다. 사무실을 나선 김 대리는 소리가 나지 않도록 조심스레 문을 닫고 열쇠로 잠갔다.

 돌아서는 김 대리의 시야로 사무실 오른쪽 문과 마주 보고 있는 소회의실의 문패가 들어왔다. 소회의실의 문은 좀비가 처음 나타났던 'Z-Day'의 흔적을 고스란히 보여주고 있었다. 김 대리가 회의실에서 도망쳐 나왔던 그날, 망가진 것은 오 과장의 오른쪽 다리만이 아니었다. 소회의실의 문 역시 강한 충격으로 모서리와 경첩부가 뒤틀리면서 더 이상 아귀가 맞지 않아 완전히 닫을 수도, 활짝 열 수도 없게 된 것이다.

 반쯤 열린 상태로 고정된 소회의실 문을 소리 없는 하품과 함께 멍하니 바라보던 김 대리는 오 과장이 3미터쯤 멀어지고 나서야 거리를 유지한 채 그 뒤를 살금살금 따라 걷기 시작했다. 오 과장이 갑자기 뒤를 돌아보거나 진로를 바꿀 걱정은 없었다. 좀비는 특정한 패턴의 행동 또는 말을 반복하는 습성이 있었다. 언젠가 뉴스에서 말하길, '좀비화'가 되기 직전의 행동이나 생각들을 반복하는 것이라고 했다.

오 과장의 습성은 단순했다. 소회의실에서 출발하는 것을 기준으로 역 기역(ㄱ) 자 모양으로 생긴 10층 복도를 뱅뱅 돌기만 했다. 간혹 머리를 벽에 부딪히며 Z-Day 때처럼 퉁, 퉁, 퉁, 퉁 소음을 내거나 잇몸과 이만 남은 입으로 특정한 소리를 반복하기도 했지만 예외적인 행동은 없었다.

이는 특별한 외부 자극이 없을 때의 얘기였다. 좀비도 사람처럼 소리나 냄새 같은 감각을 느낄 수 있었다. 벽을 보고 돌아 나오기도 했고, 코를 킁킁거리며 냄새를 맡기도 했고, 큰 소리가 울려 퍼지면 그쪽으로 움직이기도 했다. 다만 그 감각이 사람보다는 훨씬 둔해서 약 1미터 반경 밖의 대상은 보거나 냄새를 맡을 수 없었다.

무엇보다 좀비는 목소리나 체취처럼 사람 고유의 것에만 흥분했다. 예를 들어 발소리 같은 것에는 쳐다보거나 따라오기만 할 뿐 '폭주 상태'가 되지는 않았다. 폭주 상태의 좀비는 Z-Day 때처럼 감각과 공격 본능이 모두 극대화되어 평소보다 더 먼 거리의 냄새, 소리 등을 감지할 수 있었다.

김 대리가 이러한 정보들을 수집하고 그것을 확신하기까지는 지난한 과정이 있었다. 인터넷이 끊기기 전까지는 뉴스와 더불어 동영상 플랫폼인 '위튜브', 각종 SNS가 주요 정보 루트였다. 특히 좀비를 쇠사슬로 묶어놓고 이런저런 자극을 가해 반응을 관찰하는 위튜브 채널이 가장 유용했는데, 해당 채널은 그 영상

들로 하루 만에 구독자를 몇십 명에서 몇백만 명으로 늘리기도 했다. 채널 주인이 라이브 방송에서 줄이 풀린 좀비에게 잡아먹히기 전까지는 그랬다.

인터넷이 끊긴 후에는 복도를 돌아다니는 오 과장의 행동을 매일 관찰하고 기록하며 지금껏 얻은 정보를 '크로스 체킹'하는 과정을 거쳤다. 몇 번 오 과장을 폭주시킬 뻔한 위기를 겪은 끝에 얻어낸 정보의 핵심은 이랬다. 좀비의 '위험 반경' 이내로 들어가거나 근처에서 목소리를 내지만 않으면 좀비와의 공존이 가능하다는 것. 사무실 안에만 갇혀 있던 신세에서 적어도 복도를 나와 남자 화장실을 사용할 수 있게 된 것은 바로 좀비의 그런 습성 덕분이었다.

김 대리는 긴 복도를 따라 걸었다. 왼쪽으로는 통합 사무실의 유리벽이 이어졌고, 오른쪽으로는 화면이 나간 엘리베이터와 비상구가 차례로 스쳤다. 그는 잠시 비상구 앞에 멈춰 섰다. 비상계단은 Z-Day에 가장 많은 사람이 몰린 곳이자 그만큼 많은 좀비가 양산된 곳이었다. 아마 유 대리 역시 좀비가 되어 계단 어딘가를 돌아다니고 있을 터였다. 김 대리는 두꺼운 철문에 귀를 대보았다. 거의 하루도 빠지지 않고 하는 의식이었다. 무언가가 부딪히거나 넘어지는 소리가 울려 퍼질 때도 있었고 조용할 때도 있었는데, 오늘은 후자 쪽이었다.

귀를 떼고 다시 복도 끝을 보았을 때, 오 과장은 남자 화장실

앞을 지나 오른쪽으로 꺾이는 모퉁이를 도는 중이었다. 모퉁이 안쪽에 자리한 여자 화장실과 인사팀 사무실 안에도 각각 좀비들이 갇혀 있었다. 모퉁이 안쪽 복도는 길이가 짧아 오 과장이 금방 돌아 나오는 구간이었다. 김 대리는 타이밍을 놓치지 않도록 발걸음을 재촉해 남자 화장실 문을 열어젖혔다.

*

다 피운 담배 꽁초가 변기 안으로 툭 떨어졌다. 촤아아, 물 내려가는 소리와 함께 김 대리는 가벼워진 몸으로 양변기 칸을 나섰다. 문이 열리자 주변에 자욱하던 담배 연기가 사방으로 안개처럼 흩어졌다.

통신과 인터넷, 전기는 모두 끊겼지만 상수는 아직 사용이 가능했다. 공급 자체는 진작에 끊겼을 테니 옥상 물탱크에 아직 물이 남아 있는 것이라고 김 대리는 추정하고 있었다. 물탱크의 물 역시 언제 바닥날지 몰라 사흘에 한 번만 물을 내리는 형편이지만, 사무실에 갇힌 채 그 안에서 모든 것을 해결해야 했던 고립 초기와 비교하면 이만큼의 존엄을 지키게 된 것만도 얼마나 다행인지 몰랐다.

김 대리는 세면대 앞에 섰다. 세면대엔 1리터짜리 가글액통과 10매짜리 물티슈가 놓여 있었다. 수도꼭지에서 나오는 물로 몸을 씻거나 양치를 할 수는 없었다. ZS-25 바이러스가 서울, 경기권의 수원지에서부터 퍼져나갔다는 건 입증된 사실이었다. 신체, 특히 점막에 닿는 물은 오로지 생수여야만 했다. 그 때문에 혹시나 실수로 수도꼭지를 열까 봐 손잡이를 아예 테이프로 칭칭 감아 고정해 놓기까지 했다. 그는 근처에 놓인 청소용 버킷에서 물을 퍼서 손끝을 찔끔 씻었다. 얼마 전 내린 비를 받아놓은 덕에 부릴 수 있게 된 작은 사치였다.

부옇게 얼룩이 진 거울에 푸석하고 마른 얼굴이 비쳤다. 코밑과 턱에는 수염이 듬성듬성 자라 있었다. 김 대리는 가글액을 머금은 채 물티슈로 얼굴과 몸 곳곳을 닦아낸 후 입안의 액을 세면대에 퉤, 뱉어냈다. 아릿한 가글액의 맛을 씻어내고 싶지만 아까운 생수를 소모할 순 없어 입만 첩첩 다시고 돌아섰다.

김 대리가 세면대 옆에 세워놓은 장우산을 다시 집어 들었을 때, 어느새 되돌아온 오 과장은 경로를 역행해 남자 화장실의 유리문 앞을 지나가고 있었다. 김 대리는 오 과장이 위험 반경 밖으로 멀어져 엘리베이터 앞을 지나고 있을 때쯤, 사무실을 나올 때와는 다른 쪽 문을 열쇠로 열고 사무실로 돌아왔다. 출입문을 다시 잠그고 나서는 장우산을 비롯한 물건들을 원래 자리에 놓고 책상 위에 놓인 수첩과 펜, 손전등을 챙겼다. 연초에 회사에서 지급했던 수첩엔 회사 로고가 크게 박혀 있었다.

창문이 없는 탕비실 안은 어둑했다. 습관적으로 전등 스위치를 눌러보았지만 불은 들어오지 않았다. 손전등을 켜자 물건들이 쌓인 내부가 드러났다. 탕비실은 식량과 식수뿐만 아니라 사무실 내에 있는 모든 서랍과 가방, 겉옷을 뒤져 찾아낸 영양제, 구급상자, 건전지, 의약품, 담배 등의 물품들을 보관하는 장소였다.

탕비실 안쪽에는 곧장 복도로 나갈 수 있는 문이 한 개 더 있었다. 다만 밖을 내다볼 수 없는 철제문이라 오 과장의 위치를 확인할 수 없어 사실상 사용되지 않았다. 탕비실 개수대는 Z-Day 전날 고장으로 사용 금지됐던 상태 그대로였다. 돌이켜 생각해 보면 요행이 아닐 수 없었다. 개수대가 고장 나지 않았다면 지금쯤 김 대리는 좀비가 되어 돌아다니고 있었을 테니까.

식량은 주로 초코맛파이나 몽쉘, 아예스, 마미손파이 같은 소포장된 간식용 과자류였다. 김 대리는 식량의 종류와 개수를 꼼꼼하게 센 후 계산기를 두드렸다. 어제 아침 확인한 개수에서 하루 동안 소모한 양을 뺀 값이 현재의 개수와 일치하는지 확인하기 위해서였다. 식수도 마찬가지였다. 그는 18.9리터 정수기용 물통과 500밀리리터 생수병, 차 음료의 개수를 점검하고 기록했다. 캔 콜라와 캔 커피, 스틱 커피도 쌓여 있었지만 이뇨 작용으로 물 소모만 늘리는 위험물이라 특별히 재고 관리를 하지는 않았다. 이것들까지 먹어야 하는 때가 오지 않길 바랄 뿐이었다.

김 대리는 점검을 마친 후 탕비실을 빠져나와 사무실 중앙에 놓인 화이트보드 앞에 섰다. 보드 왼쪽 하단에는 '생존 3계명'이 적혀 있었다.

하나, 우리는 끝까지 생존한다.
둘, 우리는 신뢰하고 협력한다.
셋, 우리는 선제적으로 조치한다.

당장이라도 지우고 싶은 문구였지만 그랬다간 난리를 칠 누군가가 있기에, 김 대리는 그저 외면하기를 택했다. 보드 중앙에는 식량과 식수의 정보를 기재한 표가 그려져 있었다. 그는 수첩에 적은 내용을 토대로 표를 업데이트하는 데 열중했다.

부스럭 소리가 들려온 건, 김 대리가 보드 상단에 적힌 'Z-Day (+29)'에서 29를 지우고 30을 써넣은 직후였다. 김 대리는 고개를 돌렸다. 박 부장이 파티션 너머로 고개를 내민 채 덥수룩하게 자란 수염 옆을 벅벅 긁고 있었다.

김 대리는 꾸벅 고개를 숙였다.

"안녕히 주무셨습니까."

"어어, 그래."

이어서 또 다른 파티션 안쪽에서 머리통이 하나 더 튀어나왔다. 최였다. 박 부장만큼이나 수염이 덥수룩한 최는 잠이 덜 깬 눈으로 박 부장과 김 대리를 차례로 훑어보더니 곧 입 안쪽을 다

보여줄 기세로 쩌억 하품했다. 박 부장은 골프채를, 최는 한쪽 끝이 뾰족하게 쪼개진 대걸레를 쥔 채 파티션 밖으로 비척비척 걸어 나왔다. 어느새 다 떠오른 태양이 세 사람의 꼬질꼬질한 몰골을 비추었다.

  좀비 창궐 후, 고립 30일째의 아침이었다.

10

 살아남았다. 하필이면 사내 최고 '빌런'들과 함께. 그동안은 단 한 번도 발휘된 적 없었던 한 줌의 협동심을 끌어모아서, 삐걱삐걱, 도무지 굴러갈 것 같지 않은 삼각형의 바퀴를 굴리면서.
 고립 초기는 그저 혼란의 연속이었다. 사무실 안에 갇힌 세 사람은 생존을 기뻐할 새도 없이 다리를 떨고 손톱을 물어뜯고 가끔은 숱 적은 머리카락까지 쥐어뜯으며 하염없이 휴대폰만 붙들고 있었다. 뉴스와 위튜브, SNS에서는 눈으로 보면서도 믿기 힘든 소식과 정보들이 무작위로 쏟아졌다. 그러는 한편, 통신망 과부하 때문인지 한동안 전화, 메시지, 모바일 메신저 모두 먹통이 되며 정작 중요한 사람과는 연락이 닿지 않았다.
 박 부장은 부인, 딸과 연락되지 않는다며 반쯤 넋이 나가 서성였고, 최는 부모님을 걱정하며 훌쩍였다. 김 대리 역시 아버지에게 여러 번 연락을 시도해 봤지만 모두 허사였다. 이틀쯤 지나자 오히려 사용량이 줄어들었는지 몇몇 사이트와 모바일 메신저가 잠시 정상화됐다. 그러나 오래지 않아 그들은 메시지를 보낼 수 없는 것보다, 보낸 메시지의 '1'이 사라지지 않는 것이 더 절망스러럽다는 사실을 알게 됐다.

가장 먼저 정신을 차린 사람은 놀랍게도 박 부장이었다. 나이를 허투루 먹은 건 아님을 증명하듯, 절망과 혼돈만이 가득하던 사무실 안에 일종의 질서와 체계를 만들기 시작한 것이다. 박 부장은 외부에 구조를 요청하고, 엉망진창인 사무실 내부를 정리하고, 최에 의해 대중없이 소모되던 식량과 식수―그 와중에도 배가 고프다며 종일 먹어댔다―를 관리하고, 현 상황과 좀비 바이러스에 대한 정보를 수집해 보자는 매우 합리적인 안을 제시했다.

문제는, 제시'만' 했다는 데 있었다. SOS 깃발과 플래카드를 만들어 창밖에 내건 사람도, 구역질을 참아가며 사무실 곳곳에 낭자한 피와 살점을 치운 사람도, 여러 차례 이어진 박 부장의 반려 끝에 식량과 식수 관리 체계를 마련한 사람도, 오 과장에게 물릴 뻔한 위기를 겪어가며 좀비의 습성을 조사한 사람도 모두 김 대리였다. 박 부장은 매번 "왜 그거 한 방법 있잖아"라든가, "저거 한 느낌으로 디벨롭 해봐" 같은 소리나 하느라 입만 바빴다. Z-Day 당시 도망치다 삐끗했다는 허리의 통증을 핑계 삼으면서.

전혀 예상치 못한 쓸모를 발휘한 사람도 있었다. 최였다. 최는 온갖 인터넷 커뮤니티와 SNS상에 산개한 구조 관련 정보―주로 진위를 알 수 없는 구조 후기나 '썰' 같은 것들이었지만—들을 기민하게 수집해 나머지 두 사람에게 전달하는 역할을 했다. 거의 모든 종류의 SNS에 그들의 위치를 알리는 게시물을 올린 것도, 접속이 가능한 각종 정부 사이트 민원실에 구조 요청 글을 작성한 것도 최였다. 모바일 메신저가 먹통이었을 땐 박 부장도 모르는 박 부장 딸의 SNS 주소를 순식간에 알아내 DM으로 '제발 무사하라'는 박 부장의 간절한 메시지를 대신 보내주기도 했다.

그러나 입사 이래 최초였던 최의 활약은 먹통이 된 인터넷과 함께 막을 내렸다. 국가 비상사태가 선포되며 모든 뉴스가 종료되고, 얼마 안 가 인터넷까지 끊기자 세 사람은 외부 정보와 완전히 단절됐다. 라디오를 찾아 나섰지만, 통합 사무실과 탕비실, 소회의실 어느 곳에서도 찾지 못했다. 재난 영화를 보면 전선이나 부품을 모아 라디오를 뚝딱 만들어내기도 하던데, 문과 출신 세 명이 머리를 맞대봐야 그런 게 가능할 리 없었다.

휴대폰 중 '우주폰'에 유선이어폰 잭을 꽂으면 안테나 역할을 해서 인터넷 없이도 FM 라디오를 들을 수 있다는 정보를 제공한 것이 최의 마지막 쓸모였으나, 남녀노소 죄다 블루투스 이어폰을 쓰는 세상인 게 문제였다. 사람들이 남기고 간 가방과 옷 주머니는 물론 책상과 서랍, 바닥까지 모조리 다 털었음에도 C타입 유선이어폰은 단 한 개도 발견되지 않았다.

정보에 전기까지 끊기며 사실상 원시시대나 다름없는 상태가 된 이후 최는 '쓸모없음'을 넘어 '금쪽이'의 단계까지 차근차근 진화하는 중이었다. 겁도 많고 비위도 약해 핏자국만 봐도 놀라서 뒷걸음질을 치고, 오 과장의 얼굴을 쳐다보기만 해도 속이 울렁거린다며 드러누워 버리니 도저히 뭘 시킬 수가 없었다. 이미 정해진 하루치 식량을 다 먹고도 더 달라고 생떼를 부리는 건 애교 축에 속했다.

고립 이후 상대적으로 의연한 박 부장, 김 대리와는 달리 최는 우울감과 불안감을 수시로 표출했다. 멀쩡하게 있다가도 느닷없이 엎어져 훌쩍이거나, 이따금 "차라리 죽겠다"라며 돌발 행동을 하는 최의 '유리멘탈'을 달래느라 김 대리의 다크서클은 날이 갈수록 더 깊어지고만 있었다.

김 대리는 가끔 생각했다. 하루아침에 좀비가 창궐해 세상이 망해버렸음에도 대체 이전과 뭐가 달라진 건지 모르겠다고. 허구한 날 위에서 치이고 아래에서 치이느라 고통만 받는 건 여전하다고. 아니, 가만 보면 명확한 차이점이 있긴 했다.

이제는 퇴근조차 할 수 없다는 것.

사내 빌런들과 하루 24시간 모든 순간을 매일매일 함께해야 한다는 것.

*

"자, 아침 조회 시작합시다."

박 부장이 박수를 짝짝 두 번 쳤다. 김 대리와 최는 화이트보드 앞 테이블에 어슬렁어슬렁 모여 섰다. 박 부장이 먼저 파이팅 자세로 오른손을 치켜들었다. 김 대리는 작게 한숨을 쉬며 박 부장의 자세를 따라 했다. 최도 성의 없이 주먹을 쥐는 둥 마는 둥 하며 손을 들어 올렸다.

박 부장의 선창을 따라 그들은 함께 화이트보드에 적힌 '생존 3계명' 구호를 외쳤다. 언젠가부터 화이트보드에 '지피지기면 백전백승'이니, '뭉치면 살고 흩어지면 죽는다'니 하는 격언을 적어놓던 박 부장은 얼마 전 '생존 3계명'을 주창하기에 이르렀다. 구호를 외칠 때마다 박 부장은 만족스러워했고, 최는 아무 생각이 없어 보였으며, 김 대리는 탄식했다. 부끄러움은 왜 맨날 제 몫인가 해서.

그들은 각자의 자리에 앉았다.

"오늘도 개인위생 관리에 신경 써야 하는 거 알지?"

때가 꼬질꼬질 탄 러닝셔츠를 입은 박 부장이 물티슈로 기름기가 번들번들한 이마 곳곳을 닦으며 훈화를 시작했다. 개인위생은 고립 이후 박 부장이 한결같이 강조해 온 철칙이었다. 그래봐야 물티슈로 얼굴과 몸 곳곳을 닦고 가글액으로 입을 헹구는 것이 고작이었지만, 최소한의 인간적 존엄과 건강 상태 보존을 위한 행위라 할 수 있었다.

전기가 끊기기 전엔 전기 면도기로 면도까지 하던 박 부장은, 이제는 주체할 수 없이 수염이 자라버린 입가를 물티슈로 꼼꼼하게 닦아냈다. 이마에 이어 입으로 내려온 그 물티슈는 곧 몸 곳곳—예컨대 겨드랑이—을 지나 박 부장의 발가락 사이사이까지 다다르게 될 예정이었다. 우욱. 김 대리는 살점이 다 뜯긴 좀비를 봐도 상하지 않던 비위가 뒤집힐 것 같아 급히 시선을 돌렸다. 개인위생의 중요성은 김 대리 역시 동의하는 바지만 그걸 왜 자꾸 저렇게 눈앞에서 보여주는지는 늘 의문이었다.

"이게 말이야, 늘 말하지만. 개인위생이 별거 아닌 것 같아도 사실은 제일 중요한 거거든. 기본이라 이 말이야. 다들 군대 다녀왔잖아? 가서 뭐부터 해. 머리부터 깎잖아. 그거 왜 깎는 줄 알아? 애들 괴롭히려고? 아냐. 전쟁 나면 머리 감고 드라이하고 그럴 시간이 없잖아. 그런데 사회에서처럼 머리 길게 치렁치렁하면 어떻게 되겠어? 머리 다 떡지고, 이 생기고, 가렵고, 어? 상상을 해봐. 머리에 막 이가 득실득실한데 전쟁이 되겠어? 총 쏘겠어? 개판 되겠지. 그래서 머리 깎이는 거야. 위생 관리하려고. 위생 관리가 기본이니까. 그만큼 중요한 거라고, 그게."

아무도 제대로 듣지 않는 박 부장의 연설은 계속해서 이어졌다. 한 얘기를 하고 하고 또 하는 건 박 부장의 고질병 중 하나여서 저 레퍼토리도 이젠 다 외울 지경이었다. 게다가 따지고 보면 박 부장의 말은 그가 얘기하고자 하는 '위생 관리의 중요성'과는 다소 거리가 있었다. 박 부장은 가끔 주제와 미묘하게 어긋난 이야기로 청자를 혼란에 빠뜨리곤 했다.

'그래서 뭐? 어쩌라고? 머리 깎으라고?'

머릿속에 물음표가 일었지만, 김 대리는 '맞는 말씀입니다' 표정을 지은 채 고개만 끄덕였다. 그게 그나마 빨리 끝나는 길이니까. 박 부장의 '위생론'은 "그나저나 요즘 젊은 축구 선수들은 다 머리가 치렁치렁하던데 그래가지고 축구하겠냐?" 따위의 전혀 상관없는 주제를 배회하고 나서야 마무리됐다.

다음 순서는 건강 상태 보고였다. 전반적인 건강 상태를 확인하는 것은 물론, 인후통, 두통, 오한, 감각의 변화나 체액의 색 변화 같은 ZS-25 바이러스의 대표 증상이 나타나진 않았는지 점검해 혹시 모를 사고를 미리 방지하자는 '선제적 조치'의 일환이었다. 가벼운 증상은 있더라도 없다고 속이면 그만인 데다, 가래 같은 체액의 색이 변했을 즈음이면 이미 좀비화 일보 직전이라는 점에서 무의미하기 그지없는 행위였지만, 박 부장에게 중요한 건 언제나 의미보다는 형식이었다.

"김 대리부터."

"옙. 30일 차, 인후통 없고, 두통 없고, 오한 없고……."

지겨울 만큼 반복한 대답이 기계처럼 술술 흘러나왔다. 투명한 병에 가래침을 뱉어 흰 종이를 대고 색깔이 정상임을 확인하는 절차까지 완료한 김 대리는 테이블 나무 무늬를 눈으로 덧그리며 다음 순서인 최의 답변을 기다렸다. 그러나 이어져야 할 최가 목소리가 들리지 않았다. 고개를 돌리니 아니나 다를까, 옆자리에 앉은 최가 입을 헤 벌린 채 졸고 있었다. 김 대리가 팔로 툭 치자 최가 응? 하며 깨어나더니 입가의 침을 닦았다.

"왜요?"

김 대리는 심기가 불편해졌다. 이 "왜요?"는 최가 항상 입에 달고 사는 소리였다. 자매품으로는 "제가요?"도 있었는데, 최가 그런 소리를 할 때마다 김 대리는 최의 뒤통수를 딱 한 번만 시원하게 때려보고 싶어졌다.

"보고 중에…… 졸면 안 되지 않을까?"

김 대리가 어금니를 깨문 채 속삭이자, 잠에서 덜 깼는지 멍한 표정의 최가 가운뎃손가락으로 안경테 중앙을 밀어 올리며 물었다.

"저희 뭐 하고 있었죠?"

"건강 상태 보고……."

"아."

최는 한참을 더 우물거리다 김 대리의 채근이 몇 번 더 이어진 후에야 보고를 진행했다. 최의 순서가 끝나고 김 대리는 박 부장을 돌아보았다.

"부장님, 전원 문제없습니다."

"어어, 그래."

박 부장이 획획, 다음으로 넘어가라는 손짓을 했다. 마지막 순서는 식량 및 식수 상황 보고였다. '물자 관리 담당자'인 김 대리는 자리에서 일어나 화이트보드 옆에 섰다. 보고라고 해봐야 어제 초코맛파이 몇 개 먹어서 오늘 몇 개 남았습니다 수준의 얘기였지만, '물자 관리 책임자'인 박 부장은 늘 뭔가 대단한 내용이라도 듣는 양 신중한 표정으로 고개를 끄덕이며 수첩에 글씨를 끄적였다.

심지어 지적을 늘어놓는 날도 있었는데 하필 오늘이 그랬다. 어딘가 못마땅한 표정으로 팔짱을 낀 채 화이트보드를 주시하던 박 부장은 갑자기 식량 관리용 표의 가독성이 떨어진다며 투덜댔다. 김 대리는 좀비 세상이 되어서까지 폰트 크기를 키우고 정렬을 맞추라는 얘기를 듣게 될 줄은 꿈에도 몰랐다.

"단 한 사람이라도 보는 사람이 있으면 가독성을 생각해야 하는 거야. 그게 기본이거든. 그리고 저거 봐. 찰떡맛파이처럼 잔량이 얼마 안 남은 건 빨간색으로 표시해 주는 게 낫지 않겠냐? 또 표 말고 그래프를 도입해 보면……."

그렇게 박 부장은 한참이나 '가독성'이니, '가시성'이니, '비주얼라이제이션'이니 하는 소리를 떠들어댔다. 최는 박 부장이 그러거나 말거나 자신과는 조금도 상관이 없다는 태도로 졸린 눈을 껌뻑일 뿐이었다.

김 대리는 박 부장의 말을 경청하는 척, 한 수 배웠다는 표정을 지으며 오늘도 생각했다.

'집에 가고 싶다……'

*

조회가 끝난 후 그들은 아침 식사를 시작했다. 김 대리는 각자의 앞에 초코맛파이 두 개를 놓았다. 하루치 영양제와 송 주임의 자리에서 찾아낸 초코맛 단백질 파우더 정량도 함께였다. 보디 프로필을 찍는다더니 파우더를 시도 때도 없이 타 먹다 오히려 살이 쪄버렸던 송 주임은, 아마도 이제는 피골이 상접한 좀비가 되어 비상계단 어딘가를 걸어 다니고 있을 터였다.

물을 아끼기 위해 기침을 참아가며 파우더를 삼키는 것도 힘들었지만 맛 자체도 고역이었다. 고립 초기 남아 있던 컵라면들은 식량 관리 체계가 수립되기 전 대부분 최의 입속으로 사라져 버렸기 때문에, 요즘 그들의 주식은 단맛이 강한 간식용 과자류였다. 소포장된 과자류는 오래 보관할 수 있고 칼로리와 나트륨이 모두 높다는 점에선 환영할 만했지만, 그놈의 단맛이 이젠 지긋지긋하다는 게 문제였다.

"근데 저희 오늘 우주장사 소시지 먹는 날 아닌가요?"

먹는 내내 옆에서 달다느니, 초코맛은 이제 지겹다느니 구시렁대던 최가 가루까지 다 털어먹은 빈 과자 봉지를 툭 내려놓으며 물었다. 우주장사 소시지는 생각보다 칼로리가 높지 않고 유통기한도 짧지만, 단맛에 지친 혀를 그나마 쉬게 해주는 '짠맛'이라 특식으로 취급됐다. 다만 처음부터 수량이 많지 않았던 터라 박 부장의 관리 감독하에 지급량을 엄격하게 조절 중이었다.

박 부장의 눈치를 흘끗 살핀 김 대리는 파우더를 입에 욱여넣다 말고 대꾸했다.

"그저께 먹었잖아."

"그러니까요. 이틀에 한 번씩 먹는 거잖아요."

"사흘에 한 번 먹는 거로 바뀌었는데."

"네? 언제요?"

최가 흐리멍덩하던 눈을 동그랗게 떴다. 김 대리는 반대로 눈을 가늘게 떴다. 어제 조회에서 결정된 사항이건만 졸다 못해 푹 자고 있었던 모양이었다. 김 대리는 어제부로 사흘에 한 번 먹는 것으로 바뀌었으며, 그저께 먹었으니 오늘은 먹을 수 없다고 다시 한번 차근차근 설명해 주었다. 그사이 식량을 다 해치운 박 부장은 못마땅한 기색으로 크게 한 번 헛기침을 하고는 자리를 떴다.

최는 김 대리가 식사를 다 마치고 자리를 정리하고 쓰레기를 모두 모아 창밖으로 던져버리는 내내 옆에서 툴툴댔다. 그런 중요한 의사 결정은 모두의 동의를 얻어야 하는 게 아니냐, 어제 결정된 것이니 오늘까지는 먹고 그다음부터 적용하면 안 되냐,

아니면 다음에 먹을 걸 그냥 오늘 먹고 다음에 안 먹으면 안 되냐는 식이었다. 이러다 귀에서 피가 나도 이상하지 않을 것 같았다. 김 대리는 파우더 가루가 남은 이 사이를 혀로 훑으며 차분한 무시로 일관하려 했다. 그러나 그의 입을 기어코 열게 만드는 소리가 최의 입에서 튀어나왔다.

"아무리 그래도 그렇지 4일에 한 번 먹는 건 너무한 거 아니냐는 거죠."

"무슨 소리야. 사흘에 한 번이라고. 4일에 한 번이 아니라."

"그러니까요. 사흘! 4일! 지금 저 무시하시는 거예요?"

"아니, 사······."

사흘이 3일이고 나흘이 4일이라는 설명을, 김 대리는 차마 잇지 못하고 자신의 이마를 감싸 쥐었다. 최의 생떼가 계속되는 가운데 김 대리는 또다시 생각했다.

'아, 정말로 집에 가고 싶다······.'

11

 박 부장과 김 대리는 남자 화장실로 향했다. 식사 후 담배 타임을 위해서였다. 회사의 금연 정책이 무색하게도 사람들의 겉옷 주머니와 가방, 서랍엔 몇 달은 족히 필 만큼의 담배가 종류별로 남아 있었다. 담배를 수집하는 과정에서 김 대리는 지금껏 비흡연자인 줄 알았던 동료 몇몇이 흡연자였음을 알게 되기도 했다.
 창가에 선 김 대리는 담배 연기를 피워 올리며 손목시계를 보았다. 체감 피로도는 오후 5시 수준인데 아직 오전 9시도 되지 않은 시각이었다. 좀비 세상이 된 후 새삼 깨달은 바, 고립 상태의 가장 큰 적은 좀비도 바이러스도 아니었다. 지나치게 많이 주어진 '시간'이었다.
 예전에는 항상 시간이 모자란 기분이었다. 오전 7시에 일어나 회사에 가서 적어도 8시간, 많게는 12시간까지 정신없이 일하고 집으로 돌아오면 빨라야 오후 7시였다. 저녁을 먹고 소화를 시키고 나면 금세 밤 10시가 넘어갔다. 드라마를 한 편 보거나 휴대폰을 조금 하다 보면 어느새 잘 시간이었다. 정작 기다리는 주말은 굼벵이처럼 더디게만 오는데도.

그토록 기다린 주말이라고 해서 딱히 특별한 것도 아니었다. 밀린 잠을 몰아 자고 일어나 빨래와 청소를 하고, 외출을 하거나 게으름을 피우다 보면 눈 깜빡할 사이 일요일 저녁이었다. 주말을 한 일 없이 흘려보냈다는 사실에 죄책감을 느끼며 눈을 감았다 뜨면 다시 월요일. 빈틈없는 쳇바퀴가 시작돼 버리는 것이다.

그러나 지금은 달랐다. 초기의 혼란은 어느 정도 지나갔다. 여전히 구조를 기다리며 나름의 대책을 강구 중이었지만, 좀비가 24시간 내내 그들의 뒤를 쫓아다니는 것도 아니니 Z-Day 이전과 달리 하루엔 너무나 많은 시간의 빈틈이 있었다. 코로나가 한창 유행하던 시기의 격리 상태와는 비교가 불가능했다. 더는 인터넷도 전기도 없으니 영화나 드라마, 위튜브 영상을 보거나 게임을 하며 시간을 때울 수도 없었다. 쓸데없는 칼로리 소모를 막아야 하니 인스턴트커피 가루를 수백 번 젓는 '달고나커피' 만들기 따위도 금물이었다.

하루 식량을 한 끼나 두 끼에 몰아 먹으면 될 걸 굳이 세 끼로 나누게 된 이유도, 조회와 오전 회의, 오후 회의 같은 무의미한 루틴을 따르게 된 이유도 다 남아도는 시간 때문이었다. 예전에는 급하게만 처리하던 모든 사소한 일들을 나누고 쪼개고 늘려서 하는데도 여전히 하루하루는 고통스러울 만큼 길었다. 해가 뜨면 깨고 해가 지면 잠에 드니, 예전에는 그토록 갈구하던 낮잠조차 더 이상 오지 않았다.

"하여간 쟨 좀 애가 이상해. 안 그래, 김 대리?"

창밖을 바라보며 담배를 뻑뻑대던 박 부장이 운을 뗐다. 늘 같은 말로 시작되는 최의 뒷담화는 최근 박 부장이 '담타' 때마다 반복해 꺼내는 주제였다. 눈빛이 흐리멍덩해서 마음에 안 든다, 굼뜬 게 먹을 것만 밝힌다, 하는 건 없으면서 말만 많다 등등 박 부장은 최를 향한 불만을 담배 연기와 함께 줄줄이 쏟아냈다.

고립 이후 김 대리가 새삼 깨닫게 된 또 다른 사실은, 인간은 갈등의 동물이라는 점이었다. 심지어 좀비 세상이 되어서도, 아니 어쩌면 그렇기 때문에 더욱더. 고립 초기 잠깐 불붙었던 협동심이나 전우애 같은 감정은 유효 기간이 길지 않았다. 기존에는 하늘과 땅에 가까운 직급의 격차 때문인지 데면데면하던 박 부장과 최의 관계는 하루가 다르게 악화일로를 걷고 있었다.

"이거, 담배만 해도 그래. 내가 이 나이에 이 짬에. 고등학생처럼 화장실에 숨어서 담배 피워야겠냐?"

박 부장이 담뱃재를 털며 투덜거렸다. 흡연 장소 문제는 고립 초기부터 박 부장과 최의 주된 갈등 요소 중 하나였다. 사무실 안에 꼼짝없이 갇혀 있던 시기, 박 부장과 김 대리가 담뱃불을 붙일 때마다 질색을 하던 최가 어느 날 눈을 동그랗게 뜨고 대거리를 했다.

"제가 상황이 이래서 계속 참았는데 담배를 실내에서 피우는 건 좀 아니지 않나요? 저는 비흡연자인데요."

단도직입적인 말에 박 부장도, 옆에 있던 김 대리도 순간 굳어 버렸지만, 결과적으로 최의 요구는 적정선에서 수용됐다. 전기가 끊기기 전이었으므로 연초도 아낄 겸 사무실 안에서는 냄새가 덜한 전자담배만 피우기로 합의한 것이다. 물론 왜 이렇게 유난이냐며 뿔이 난 박 부장과 전자담배도 담배 아니냐며 투덜거리는 최를 각각 달래느라 김 대리만 진을 빼야 했다.

전기가 끊기며 전자담배 충전이 불가능해지자 문제는 다시 불거졌다. 휴대폰용 보조 배터리 여러 개를 찾아 완충해 놨지만, 그건 통신이 복구되거나 유선이어폰을 찾을 때를 대비해 말 그대로 휴대폰 충전에만 사용해야 했다. 몇 차례 기싸움이 이어지다 거의 멱살을 잡을 뻔한 육탄전까지 발발했다. 사건은 싸움을 말리기 위해 두 사람 사이에 낀 김 대리의 머리털만 뜯겨나간 끝에, 그리고 배터리가 방전되기 전 김 대리의 눈물겨운 노력으로 화장실을 이용할 수 있게 되며 어영부영 일단락됐다.

이후 박 부장과 최는 서로 필요 이상의 대화는 하지 않으며 충돌을 최소화하고 있었다. 다만 상호 간에 뒤끝까지 사라진 건 아니어서 김 대리는 툭하면 자신을 끼고 뒷담화를 해대는 두 사람 사이를 중재하느라 허리가 휘다 못해 등이 터질 지경이었다. 고래, 아니 빌런 싸움에.

게다가 박 부장의 뒷담화는 항상 죄를 향한 비난에서 시작해 '요즘 MZ'들에 대한 총체적인 평가로 이어져 끝내는 "너 후배 관리 좀 제대로 해라"라는 내리 갈굼으로 막을 내리기 십상이었다.

"김 대리야. 내가 늘 말하잖아, 어? 사람 관리가 제일 기본이라고. 아랫사람 관리도 제대로 못 하는 사람한테 대체 누가 일을 맡기냔 말이야."

오늘도 침까지 튀기면서 어찌나 열변을 토하는지 옆얼굴이 다 축축했다. 뒷담화와는 원래부터 거리가 먼 데다 매일 반복되는 패턴에 질릴 대로 질린 김 대리는 앵무새 같은 대답만 반복했다. 예에, 그러니까 말입니다. 옙, 그러니까 말입니다. 넵, 그러니까 말입니다. 당연히 제대로 듣고 있지는 않았다. 김 대리는 흩어지는 담배 연기 사이로 창밖 풍경이나 살피고 있었다.

4차선 도로 건너편으로 고층 건물들이 즐비한 사무실 통창과는 달리, 화장실 창문 밖으로는 빌딩 숲 뒷골목의 키 작은 건물들이 내다보였다. 그중에서도 가장 눈에 띄는 건물은 단연 A플라자였다. 달방아커피와 닥터윤정형외과가 있는. 혹시 닥터 윤을 만날 수 있을까 하는 설렘을 안고 A플라자를 드나들던 일상이 이제는 책 속의 이야기처럼 멀게 느껴졌다.

A플라자의 옥상은 서울의 오래된 건물이 으레 그렇듯 초록색 방수 페인트로 칠해져 있었다. 김 대리는 태양광 패널만 덩그러니 설치되어 있을 뿐 사람도, 좀비도 없는 옥상을 응시했다. 한

국 옥상은 왜 다 초록색일까, 더 세련된 색깔의 방수 페인트는 없는 것일까, 같은 실없는 생각들을 하다가도 결국 머릿속 종착지는 늘 닥터 윤을 향한 걱정이었다.

그녀는 무사할까, 살아 있을까.

희망적으로 생각하기엔 희망의 징후가 전무했다. 고립 초기에는 창밖으로 생존자들을 볼 수 있었다. 비록 좀비들에게 물어뜯기거나 도망치고 있었지만 말이다. 며칠이 지나자 그런 사람들도 모두 사라지고 좀비들만 남았다. 인터넷이 끊긴 후에는 온라인상의 생존자들조차 접할 수 없게 됐다. 그때부터 그들은 살아 있는 사람이라곤 단 한 명도 보지 못했다.

김 대리의 위치에서는 A플라자 뒤쪽으로 난 닥터윤정형외과의 창문을 볼 수가 없었다. 다만 A플라자의 다른 가게들 창문에 좀비 그림자가 득실거리는 것만 봐도 닥터윤정형외과의 상황이 어떨지 짐작이 갔다. 닥터 윤은 아마도, 그렇게 믿고 싶진 않지만, 어쩌면 유 대리처럼…….

불현듯 유 대리의 마지막 모습이 떠올랐다. Z-Day에 눈앞에서 유 대리를 잃은 후로 김 대리는 한동안 악몽에 시달렸다. 유 대리의 손을 몇 번이고 계속 놓치는 꿈이었다. 시간이 흐를수록 점차 악몽의 빈도는 줄어들었지만 죄책감은 여전히 그의 마음 깊은 곳에 자리하고 있었다. 그때 다리가 꼬여 넘어지지 않았더라면, 유 대리의 손을 조금만 더 빨리 잡아챘더라면.

김 대리는 머릿속을 잠식하는 후회를 떨쳐내려 애쓰며 삐죽삐죽 솟은 빌딩들과 텅 비어 고요한 서울의 하늘을 올려다보았다. 그러나 살아 있는 것이라곤 어느 날부터 나타난 까마귀 떼뿐인 풍경을 바라보고 있자니 기분만 더 침울해졌다. 저 너머에 누군가가 남아 있다면, '시스템'이 조금이라도 살아 있다면 이렇게까지 아무런 흔적이 없을 수가 있을까.

다른 생존자의 흔적이, 외부의 정보가 필요했다. 눈이 닿지 않는 바깥세상은 어떤 상태인지, 그들이 구조될 가능성이 정말 있긴 한 건지 확인하고 싶었다. 김 대리는 저 하늘 멀리에서 헬리콥터나 드론이 나타나는 상상을 하다가, 오로지 폐허뿐 아무것도 남지 않은 도시들의 모습을 떠올리다가, 비상구를 열고 들어서는 군인들을 보며 눈물을 흘리는 그들의 모습을 그려보다가, 끝내 모든 식량이 떨어져 박 부장, 최와 함께 사이좋게 굶어 죽고 마는 결말을 생각했다.

그렇게 오만 생각이 교차하는 와중에도 김 대리는 자동 리액션 로봇처럼 박 부장의 말에 끊임없이 영혼 없는 맞장구를 쳤다. 그사이 이야기의 주제는 뒷담화에서 가족 얘기로 넘어가 있었다. 회식 때 술에 취하기만 하면 "마누라고 애고 나를 ATM기 취급한다"라며 총각들에게 "넌 결혼 같은 거 하지 마라"고 훈수를 두던 박 부장은 이젠 가족사진을 부쩍 자주 꺼내 보여주며 재난영화 속 사망 플래그를 세우곤 했다.

"봐봐, 이거. 우리 와이프랑 딸. 솔이 이놈의 기집애, 맨날 공부는 안 하고 옷 사달라, 가방 사달라 난리 난리를 쳤는데…… 그냥 다 사줄 걸 그랬어. 그까짓 거 얼마나 한다고……. 다들 살아는 있는지. 살아 있으면 뭘 어쩌고 있는지……."

박 부장이 눈물을 찔끔대며 내민 사진엔 하도 많이 봐서 내적 친밀감까지 쌓여버린 박 부장의 가족이 있었다. 어떻게 이 결혼이 성사될 수 있었는지 의문일 만큼 미인인 박 부장의 부인과, 어려진 박 부장이 머리만 기른 듯해 선뜻 귀엽다는 말이 나오지 않는 딸, 맹하게 생겨 묘하게 죄를 떠올리게 하는 나이 많은 시츄까지. 박 부장이 한숨을 내쉬며 시츄의 얼굴 위를 문질렀다.

"이놈, 우리 똘이. 박똘똘. 이놈 먹고 싸는 것밖에 못 하는 놈인데 어쩌고 있을지 모르겠다. 가만, 김 대리 아버지가 혼자 계신다고 했었나?"

기분 이상하게 왜 개 얘기를 하다 말고 남의 아버지 얘기를 하는지 모르겠지만 김 대리는 언제나처럼 "옙" 하며 자동 반사 대답을 했다.

"그래도 좀 아래쪽에 계신다고 했지?"

"예, 전북 군산에."

"맞다, 군산. 기억난다. 거기는 그래도 좀 괜찮지 않을까. 아이고, 이러나저러나 너도 인마, 걱정이 많겠다."

"예에……."

별로 이야기하고 싶지 않은 주제라 저절로 말끝이 흐려졌다. 사망 플래그를 세우고 싶지도 않을뿐더러 아버지에 대해선 그다지 할 말이 없었다. 굳이 말해본다면 좀비를 마주쳐도 겁먹긴커녕 낫으로 목부터 딸 양반이라는 것 정도일까.

물론 걱정이 되지 않는다면 거짓말일 것이다. 고립 이후 아버지에게 간신히 보낸 메시지 속 1은 끝까지 없어지지 않았다. 김 대리는 Z-Day 당일 새벽에 아버지가 남겼던 부재중 전화를 떠올렸다. 당시에는 잘못 누른 것으로 생각하고 넘겨버렸던 전화를. 그날 아버지는 왜 연락을 했을까. 좀비와 관련이 있었을까. 그때 아버지에게 다시 전화를 걸어봤다면 알 수 있었을까.

"이런 상황이 되니깐 가족 생각밖에 안 나. 아무리 생각해도 가족뿐인 거 같아. 안 그래, 김 대리?"

"그렇죠, 예에."

김 대리는 입꼬리를 억지로 끌어 올리며 웃었다. 아버지와 썩 좋지 않은 관계가 된 지 오래임에도, 아버지보다는 차라리 닥터 윤을 더 많이 걱정하는 자신의 내심을 마주하는 일은 딱히 유쾌하지 않았다.

그런 김 대리의 표정을 박 부장은 오히려 아버지에 대한 깊은 걱정으로 오해한 모양이었다. 기분을 풀어주려는지 박 부장이 갑자기 김 대리를 툭 치며 장난을 걸어왔다.

"아니지, 가족뿐이 아니지. 생각해 보니까 우리 김 대리도 있잖아, 나한텐."

"예? 아……."

박 부장은 멋쩍게 웃는 김 대리를 끌어당겨 어깨동무했다.

"내가 말은 안 했지만 사실 이런 일 있기 전부터도 알고 있었어. 김 대리가 우리 부서에 얼마나 필요한 존재인지. 항상 묵묵하게 성실하게 일하는 거 알지만, 알아서 내가 더 그랬던 거야. 더 잘했으면 하는 마음으로, 더 키워주려고 일부러 엄하게 하고 그랬던 거지."

요사이 새롭게 시작된 박 부장의 '당근 주기'였다. 박 부장은 생전 하지 않던 칭찬의 말을 건네며 비행기를 태우기도, 최 몰래 김 대리에게만 추가 특식을 건네기도 했다. 일한 만큼 먹어야 정당한 게 아니겠냐는 이유였다. 세 사람뿐인 지금, 김 대리를 제 편으로 포섭해 최와의 기싸움에서 고점을 차지하려는 속내가 투명하기 그지없었다.

"내가 김 대리 항상 믿는 거 알지? 내가 널 믿지, 누굴 믿어. 저거 저거, 할 줄 아는 거 하나도 없이 밥만 축내는 신입을 믿을까. 안 그래?"

박 부장은 너털웃음과 함께 김 대리의 어깨를 격려하듯 두드렸다. 김 대리는 아하하하, 어색한 웃음만 흘릴 뿐이었다.

간신히 박 부장에게서 풀려난 다음엔 바로 최로 배턴터치였다. 김 대리가 사무실로 돌아오자, 최가 두루마리 휴지를 들고 주춤주춤 다가와 물었다.

"대리님, 화장실 안 가시나요?"

방금 다녀온 거 안 보이냐고 묻고 싶었지만 김 대리는 어금니를 꽉 깨문 채 "그래, 가자" 했다. 최는 오 과장이 무서워서 도저히 혼자 복도로 못 나가겠다며 화장실에 갈 때마다 매번 김 대리를 대동하고 있었다. 적응할 때까지만 도와주기로 한 건데 그놈의 적응이 최에게는 아직도 요원한 일이란 게 문제였다. 얼마 전엔 갑자기 배탈이 났다며 새벽에 세 번씩이나 김 대리를 깨우기도 했다. 그래도 최의 징징거림에 시달릴 바에는 차라리 빨리 다녀오는 게 속이 편했다.

"준비됐지?"

문을 나서기에 앞서 김 대리가 묻자 최가 주머니에 든 투명 테이프를 꺼내 제 입에 붙이고 김 대리의 팔꿈치 부분 옷깃을 잡았다. '복도로 나갈 때 테이프로 입 막기'는 최와 화장실을 같이 가주는 대신 김 대리가 요구한 조건이었다. 오 과장 무섭다고 그 난리를 치면서도 정작 복도로 나가면 조용히 해야 한다는 걸 최가 자꾸 깜빡하는 통에 고안한 방법이었다. 머리가 나쁘면 손발이 고생한다는 말의 전형적인 예시라고 할 수 있었다. 그 고생하는 손발이 왜 최의 것이 아니고 자신의 것인지는 모르겠지만.

"제가 이해할 수 없는 건 부장님이 자꾸만 본인이 리더 행세를 한다는 거예요. 아니 사실 이렇게 되기 전에나 본인이 부장이었던 거지, 지금은 그냥 아무것도 아니잖아요. 우리 셋 다 동등한 관계 아니냐는 거죠. 근데 왜 건강 상태 보고할 때 본인 상태는 우리한테 얘기를 안 하냐고요. 진짜 웃긴다니까요. 안 그래요, 대리님?"

최를 무사히 화장실로 모신 후에는 다시 뒷담화 타임이었다. 박 부장과 달리 최에게선 침이 튀지 않았다. 딱히 장점은 아니었다. 최는 양변기 칸에 앉아 떠들고 있었으니까.

김 대리는 코를 틀어막은 채 창밖을 바라보았다. 귀도 같이 막고 싶었지만 참아야 했다. 한 번은 최의 말에 대답하지 않았다가 김 대리가 가버린 줄 알고 놀란 최가 양변기 칸에서 바지도 안 올린 채로 뛰쳐나온 적이 있었기 때문이었다. 김 대리는 못 볼 꼴을 보지 않기 위해서라도 최의 말에 기계처럼 입을 움직여 대꾸했다. 그러니까 말이다, 네가 이해해라, 어쩌겠냐로 돌려막기를 하면서.

그런 김 대리의 노력에도 불구하고 불안증이 도졌는지 최가 목청을 높였다.

"대리님, 간 거 아니죠?"

"안 갔다."

"가시면 안 돼요. 절대요. 네?"

"알았다……."

김 대리는 복도에서뿐만 아니라 화장실에서도 최의 입에 테이프를 붙여놓고 싶다는 강렬한 충동을 느끼며 손목시계를 보았다. 고작 오전 9시 20분. 오늘도 하루는 지지리도 길 것 같았다.

12

"자자, 여기서 마무리하자고."

박 부장의 선언과 함께 오전 회의가 끝났다. 아침 10시마다 열리는 오전 회의는 조회와 마찬가지로 박 부장의 일방적 수다 떨기로 채워지다 매번 똑같이 끝맺어졌다. 아직 한 달 넘게 버틸 식량과 식수가 남아 있으니 섣부른 행동은 하지 말고 의연히 구조를 기다리자는 결론이었다.

김 대리는 펜을 문 채 수첩을 내려다보며 한숨을 내쉬었다. 그의 수첩엔 그가 직접 그린 10층의 구조도가 있었다. 통합 사무실과 탕비실, 복도, 소회의실, 엘리베이터와 비상구, 남자 화장실, 여자 화장실, 가장 안쪽에 자리한 인사팀 사무실까지. 그는 인사팀 사무실 구역에 적어놓은 '정보'라는 글자 위를 파란색 펜으로 연신 동그라미 쳤다. 얼마나 많이 덧그렸는지 종이가 거의 파일 지경이었다.

'섣부른 행동은 하지 말고 구조를 기다리자'는 말이 틀린 건 아니었다. 그러나 김 대리는 그렇다고 가만히 앉아 구조만 기다릴 순 없다고 생각하는 쪽이었다. 아무런 소식 없이 시일만 흐른 지금 구조가 정말 있을지, 있다면 어떤 방법으로 이루어질지, 구조는커녕 정부나 군대조차 남아 있지 않다면 앞으로 어떻게 할 것인지, 이러저러한 정보들을 파악하고 앞으로의 행동을 결정하기 위해선 외부와의 연결이 필수적이었다.

이제 와서 통신이나 인터넷이 갑자기 복구되리란 기대를 하긴 어려우니 남은 수단은 라디오 방송뿐이었다. 즉, 우주폰과 그에 들어맞는 C타입 유선이어폰이 필요했다. 그들은 전기가 끊긴 후부터 박 부장과 김 대리의 우주폰 2대와 최의 사과폰 1대를 배터리가 최대한 보존되도록 전원을 꺼서 보관하고 있었다. 완충해 놓은 보조 배터리도 여러 개 있으니 여차하면 충전도 가능했다. 문제는 통합 사무실과 소회의실을 모조리 뒤져도 나오지 않는 유선이어폰 쪽이었다.

그런 의미에서 인사팀 사무실은 김 대리가 다음 돌파구라고 생각하는 곳이었다. 박 부장의 증언에 따르면 인사팀 팀장이자 박 부장의 동기인 조 부장은 우주폰을 사용했고, 충전이 번거롭다는 이유로 유선이어폰을 고집했다. 또한 인사팀은 상대적으로 부서원 연령대도 높아 유선이어폰이 있을 가능성이 상당히 높았다.

더군다나 인사팀 사무실 내부를 문밖에서 염탐한 바에 따르면 그곳엔 완강기도 설치되어 있었다. 일회용인 간이용인지, 다회용인지는 각도상 완강기 케이스의 글자가 잘 보이지 않아 확인하지 못했지만 어느 쪽이든 유용한 도구인 건 분명했다. 건물 밖엔 좀비들만이 우글대고 있지만 식량이 다 떨어질 때까지 그들이 구조받지 못할 경우 완강기를 사용한 탈출도 고려해야 할 선택지가 될 테니까.

그러니 해야 할 일은 분명했다. 인사팀 사무실을 확보하는 것. 다만 어떻게 실행에 옮길 것인가가 문제였다. 인사팀 사무실에 갇혀 있는 두 마리의 좀비, 조 부장과 정 인턴 때문이었다. 지금까지 김 대리가 틈틈이 관찰한 두 좀비의 행동 패턴은 이랬다. 조 부장은 창가에 기댄 채 이제는 꺼져버린 휴대폰 화면을 다 썩어서 뼈가 드러난 엄지로 난타하며 서 있었다. 아마도 좀비가 되는 순간까지도 코인 차트를 보며 팔지 말지를 고민하고 있었던 듯했다. 정 인턴은 사무실 구석 프린트 앞에 서서 덮개를 열었다 닫는 시늉만 반복했다. Z-Day에도 전날 저녁 김 대리와 마주쳤을 때처럼 줄창 복사만 하다 선 채로 좀비가 돼버린 모양이었다.

인사팀 사무실로 진입하기 위해선 사무실 안에 갇힌 조 부장, 정 인턴과 복도에 있는 오 과장까지 총 좀비 셋을 처리해야 했다. 가장 단순한 처리 방법은 아무래도 좀비들을 '죽이는' 것일 테지만, 단순함이 곧 쉬운 난이도를 뜻하는 건 아니었다. 그간 수집한 정보에 의하면 좀비의 약점은 머리, 정확히는 뇌의 중심부인 뇌간이었고, 그 뇌간을 거의 파괴하는 정도의 치명적인 손상을 입혀야만 좀비의 움직임을 멈출 수 있었다. 몽둥이를 한 번 휘둘러 머리를 조금 깨는 정도로는 턱도 없다는 뜻이었다. 잔인한 장면을 잘 보는 것과 잔인한 행위를 하는 것은 본질적으로 달랐다. 김 대리는 뇌간이 부서질 때까지 누군가를, 특히 그의 사수였던 오 과장을 내려치는 일만큼은 할 수 없었다.

설령 하고자 마음을 먹어도 김 대리의 힘으로 가능한지부터가 미지수였다. 사람 뼈의 강도를 생각하면 사람이 좀비를 마구 썰고 다니는 영화들은 사실상 다 허구라고 할 수 있었다. 무엇보다 김 대리는 영화 속 근육질 할리우드 스타가 아니라 물렁살을 가진 30대 중반의 사무직 직장인이었다. 어깨 한 번만 잘못 돌려도 부상을 당하고 마는.

50대인 박 부장과 20대지만 쓸모가 제로에 수렴하는 최는 말할 것도 없었다. 박 부장은 Z-Day에 도망치다 넘어져 삐끗한 허리가 아직도 아프다, 나이를 먹으니 가만히 있어도 이곳저곳이 쑤신다 등등 온갖 핑계를 대며 몸 쓰는 모든 일에서 발을 뺐다. 최는…… 그냥 가만히 있는 게 차라리 나았다.

반면 좀비는, 특히 폭주 상태가 된 좀비는 성인 남자의 힘을 웃도는 완력을 갖고 있었다. Z-Day에 박 부장이 훨씬 작은 체구의 오 과장을 떼어내지 못했던 것도 그 때문이었다. 발로 차거나 물건을 휘둘러서 잠시 밀쳐내는 정도야 가능하겠지만, 사람과 달리 웬만한 타격으론 쓰러지지도 않으니 함부로 맞붙었다간 쪽도 못 쓰고 물어뜯길 게 뻔했다. 가장 단순한 방법이 가장 후순위로 밀릴 수밖에 없는 이유였다.

육탄전 쪽은 승산이 없으니 남은 방법은 좀비의 습성을 최대한 이용하는 것뿐인데……. 김 대리는 수첩을 이리저리 넘기며 살폈다. 그동안 구상한 몇 가지 방법들이 곳곳에 적혀 있었다. 문제는 어떤 방법이든 혼자서는 불가능하다는 점이었다. 사실 세 사람이 모두 달려들어 힘을 합쳐도 성공을 100퍼센트 장담할 수 없었다. 김 대리는 주변을 둘러보았다. 박 부장은 가만히 앉아만 있으면 혈이 막힌다며 창가에 서서 몸 앞뒤로 손뼉을 치는 체조를 하고 있었다. 최는 회의가 끝났는지도 모르고 침까지 흘리며 꾸벅꾸벅 조는 중이었다. 보는 것만으로도 협력 의지가 팍팍 꺾이는 얼굴들이었다.

더군다나 목소리만 크지 결정과 책임을 회피하는 것으로 유명하던 박 부장의 오랜 버릇은 좀비 세상이 된 후 점점 더 심해지는 중이었다. 김 대리가 나름의 작전을 고안해 제시할 때마다 박 부장은 물었다. "김 대리 너, 자신 있어?" 언제나 김 대리의 기를 팍팍 죽여놓던 고압적인 표정으로.

김 대리로선 자신 있다는 말을 자신 있게 할 수가 없었다. 목숨을 담보로 해 작전에 성공한다 한들 그곳에 정말 유선이어폰이 있을지, 있다고 해도 라디오를 통해 유효한 정보를 얻을 수 있을지 아무런 보장이 없었다. 인터넷이 끊기기 직전, 라디오에

선 안전한 장소에서 식량과 식수를 확보하고 구조를 기다리라는 녹음 방송만 앵무새처럼 반복되고 있었다. 지금이라고 달라졌을 것이라 어떻게 자신할 수 있겠는가. 김 대리가 확답을 하지 못하고 우물쭈물하면 박 부장은 핑곗거리를 찾은 것처럼 "너조차 자신 없는 계획을 어떻게 믿냐"면서 김 대리의 제안을 냉큼 기각시켜 버리곤 했다.

결국엔 매일매일이 도돌이표였다. 식량과 식수가 다 떨어져 굶어 죽기 직전이 되거나, 구조와 관련된 새로운 실마리가 나타나지 않는 한 김 대리에겐 박 부장과 최를 움직일 만한 마땅한 패가 없었다. 그렇다고 식량과 식수가 다 떨어질 때까지 마냥 기다릴 수도 없고, 지금까지 없었던 새로운 실마리가 뜬금없이 나타날 리도 없으니 진퇴양난으로 고통만 받을 뿐이었다.

다시 한번 길고 긴 한숨을 내쉰 김 대리는 수첩을 덮으며 회의용 테이블에서 몸을 일으켰다.

*

점심 전까지는 자유시간이었다. 김 대리는 수납장과 책상 서랍, 사람들의 겉옷과 가방을 차례차례 뒤적거렸다. 이미 여러 차례 확인해 식량과 의약품, 쓸만한 물품 등은 모두 탕비실로 빼놓았지만, 혹시 어딘가에 처박혀 있던 유선이어폰을 발견할 수도 있지 않을까 해서였다. 게다가 지긋지긋하게 남아도는 시간을 때우기엔 이만한 일이 또 없었다.

오래전, 전 여자친구가 위튜브로 '왓츠인마이백(What's In My Bag)' 같은 걸 볼 때마다 대체 저런 걸 왜 보나 했던 김 대리는 이제 그녀의 마음을 조금이나마 이해할 수 있게 됐다. 사람들의 가방 속을 뒤지다 보면 생존과는 무관할지라도 꽤 흥미로운 물건들이 튀어나왔다.

예를 들어 처음 송 주임의 가방을 뒤졌을 땐 예상치 못한 전자담배와 함께 예상했던 한 무더기의 간식이 발견됐다. 모두 0칼로리를 자랑하는 '제로' 제품이라 큰 쓸모는 없었지만.

유 대리의 가방 안에는 전자책이 있었다. 배터리가 다 되기 전 뭐라도 읽어보려 했지만 유 대리에게 늘 '머글'이라고 불리던 김 대리로서는 이해하기 어려운, 표지에 만화 캐릭터가 그려진 긴 제목의 판타지 소설 같은 것들만 한가득 들어 있어 결국 제자리로 돌려놓았다.

성 과장의 가방엔 부동산 투자책이 들어 있었다. 읽자니 허무함이 밀려들었다. 이런 게 다 무슨 소용이었나, 하는 생각이 든 것이다. 한국에서 가장 땅값 비싸다고 알려진 강남의 초호화 아파트까지도 모두 좀비들로 뒤덮여 버린 마당에. 지금 김 대리가 원하는 부동산은 단 하나였다. 자신의 8평짜리 원룸. 그곳으로 다시 돌아갈 수만 있다면 영혼이라도 팔 수 있을 것 같았다.

주인이 누군지 모를 가방에선 '다있소' 가게에서 산 듯한 상추 씨앗이 나오기도 했다. 어쩌면 그날 저녁이나 주말, 화분에 심으려 한 것이었을까. 또한 누군가의 주머니에선 대체 회사에 왜 가져왔는지 모를 팩 소주가 나오기도, 숙취 해소제가 종류별로 쏟아지기도 했다.

공무원이나 전문직 자격증 수험서는 꽤 빈도 높게 발견된 물건이었다. 다들 나 모르게 바쁘게들 살고 있었구나 싶었다. 지갑 속에 인화된 사진을 넣고 다니는 사람이 여전히 많다는 건 새롭게 알게 된 사실이었다. 오 과장의 지갑 속엔 남편과 함께 어린 아들을 안고 환하게 웃고 있는 그녀의 가족사진이 들어 있었다.

재밌는 것이라곤 하나도 들어 있지 않은 가방도 있었다. 바로 김 대리의 가방이었다. 그의 가방은 마치 고립 전 그가 얼마나 재미없고 특색 없는 삶을 살고 있었는가를 보여주는 것 같았다. 쓸데없이 크기만 큰 그의 가방 속엔 재정적으로도 인간관계적으로도 빈곤하기 그지없는 지갑과 사원증만이 들어 있었다. 뭘 샀는지도 모를 만큼 내역이 다 지워진 오래된 영수증, 이미 몇 주 전에 낙첨으로 끝난 로또 용지와 함께. 그리고 또 하나······.

"김 대리야, 뭐 좀 나오냐?"

갑자기 날아든 물음에 김 대리는 자신의 가방 안에서 꺼내려던 무언가를 다시 깊숙이 밀어 넣었다. 두루마리 휴지를 든 박 부장이 근처로 다가와 기웃댔다. 체조를 다 마치고 나니 장 활동이 활발해진 모양이었다.

"아뇨, 똑같습니다."

"그래, 몇 번을 뒤졌는데 이제 와서 뭐가 나오겠냐. 쉬엄쉬엄 해라."

"넵, 부장님."

박 부장이 갑자기 목소리를 낮췄다.

"야, 근데 쟨 뭘 하길래 조용할까. 난 쟤가 저렇게 조용할 때마다 불안해. 무슨 사고 치려고 저러나 싶어서."

회의가 끝난 후 파티션 안쪽으로 들어가 코빼기도 비추지 않고 있는 최 이야기였다. 박 부장의 언어를 해석하자면 '뭔 짓거리를 하고 있는지 모르겠으니 네가 가서 좀 살펴봐라'라는 소리였다.

"제가 뭐 하나 좀 보고 오겠습니다."

"어어, 그래, 그래. 나는 화장실 좀 다녀올라니까. 욕봐라, 네가 고생이 많다, 김 대리야."

박 부장은 앉아 있는 김 대리의 어깨를 툭툭 치고 자리를 떴다. 김 대리는 박 부장이 사무실을 나가는 것을 확인하고 나서야 가방 안으로 밀어 넣었던 물건을 다시 꺼냈다. 손안에 쏙 들어오는 흰색 통에는 약의 이름과 함께 '향정신성'이라는 글자가 적혀 있었다. 원래 김 대리의 것은 아니고 사람들의 가방에서 찾아내 숨겨놓은 신경안정제였다.

사람들의 소지품에서 찾아낸 의약품 중 가장 많은 종류는 영양제였고, 두 번째는 두통약, 세 번째는 의외로 신경정신과의 처방약들이었다. 김 대리는 이렇게 많은 사람들이 우울증이나 불안증을 앓고 있었다는 사실을 그제야 알았다. 그중엔 조금도 예상하지 못했던 사람도 있었다. 늘 빈틈 없어 보이던 성 과장이나, 밝아만 보이던 유 대리 같은.

김 대리가 신경안정제를 자신의 가방 속에 몰래 챙겨놓은 건 어떤 계산이나 계획에서 나온 행동은 아니었다. 정말로 이걸 통째로 입안에 털어놓는 순간만큼은 오지 않길 김 대리는 간절히 바라고 있었다. 텅 빈 가방처럼 별 볼 일 없는 인생이라도 죽고 싶진 않으니까. 다만 굶어 죽거나 좀비가 되는 건 더더욱 싫을 뿐이었다.

김 대리는 약통을 다시 가방 안 깊은 곳에 넣어두었다.

13

"뭐 해?"

김 대리는 파티션 안쪽으로 고개를 들이민 채 물었다. 책상에 앉아 뭔가를 끄적이던 최가 화들짝 놀라며 종이 위를 가렸다가 김 대리인 것을 확인하고 슬그머니 손에 힘을 풀었다. 뭐 하냐고 묻긴 했지만 김 대리는 이미 최가 뭘 하는지 알고 있었다.

남아도는 시간을 처리하는 방법은 세 사람 모두 각자 달랐다. 박 부장은 주로 김 대리를 앞에 두고 수다를 떨며 시간을 보냈다. 건강 체조를 하거나, 사무실 안에 널려 있는 보고서를 가져다 읽으며 오탈자를 찾기도 했다. 종이 위에 바둑판을 그려 오목이나 바둑을 둘 때도 있었다. 물론 바둑판을 그리는 것도, 적정 수준의 긴장감을 주다 패배하는 상대 역할을 수행하는 것도 모두 김 대리의 몫이었다.

반면 최는 식사나 회의가 아닐 땐 주로 혼자 처박혀 있는 편이었다. 김 대리는 그런 최를 불쑥불쑥 들여다봤는데, 뭔가 이상한 행동을 하고 있을까 봐 염려돼서였다.

우려와는 달리 요즘 최는 얌전히 앉아 종이 위에 볼펜으로 그림을 그리고 있을 때가 많았다. 안정을 찾는 나름의 방법인 것 같았다. 처음에는 뭘 그렸는지 보지 못하도록 숨기더니 김 대리가 최의 그림을 보며 몇 번 감탄하고 나자 김 대리에게만큼은 경계를 늦추는 눈치였다. 오히려 자신의 그림을 보고 더 감탄해 주길 바라는 것 같기도 했다. 김 대리는 잘 모르는, 자신이 좋아하는 만화와 관련된 장광설을 주절주절 늘어놓을 때도 있었다.

화장실을 같이 다녀줘서 그런지 최는 김 대리를 예전보다 묘하게 더 의존하고 있었다. 김 대리가 반말을 사용하는 것도 불만 없이 받아들였다. 지지리도 말 안 듣는 건 여전했지만.

"그건 너야?"

종이 위에 그려진 갑옷을 입은 캐릭터를 보며 김 대리가 물었다. 최가 경멸의 표정을 지었다.

"왜 맨날 저냐고 물어보세요?"

"그럼 뭔데? 누군데?"

"누구가 아니고 그냥 그리는 거예요."

최가 볼펜 쥔 손을 움직이자 갑옷의 음영이 점차 살아났다. 분명 사무실 안을 굴러다녀도 아무도 가져가지 않던, 똥만 잔뜩 나오는 싸구려 볼펜인데…… 어떻게 저걸로 저런 그림을 그릴 수 있는지 신기했다. 문외한인 김 대리가 보기에 최의 그림 실력은 꼭 프로 같았다. 한 번은 박 부장의 캐릭터를 우스꽝스럽게 그려

서 보여준 적도 있었는데 너무 똑같아서 김 대리는 마시던 물을 뿜을 뻔하기도 했다.

고립 이후 김 대리는 직장 동료들에 관해 이전에는 몰랐던 사실들을 많이 알게 됐다. 알다 알다, 가깝게는 박 부장이 키우는 개 이름부터, 멀게는 어느 시의 시의원이라는 박 부장의 사촌 형 이름까지 외우게 된 지경이었으니까. 회사 일과는 무관하지만 최도 잘하는 게 하나 정돈 있다는 놀라운 사실 역시 그중 하나였다. 회의 때 가끔 서류 끄트머리에 뭔가를 끄적거리더니 그림을 그리던 거였구나 싶었다.

턱을 괴고 그림을 내려다보던 김 대리는 불쑥 의문이 들어 물었다.

"넌 그렇게 잘 그리는데 왜 웹툰 같은 걸 안 했냐?"

왜 적성에 맞지도 않는 직장인이 돼서 모두를 괴롭히냐는 질문은 굳이 덧붙이지 않았다.

"웹툰이 쉬운 줄 아세요?"

"쉽지야 않겠지만, 그래도 그림 잘 그리면 할 수 있는 거 아냐?"

최는 답답하다는 표정으로 스토리텔링 능력이니, 레드오션이니, 불안정성이니 하는 소리를 줄줄 늘어놓았다. 요점은 뛰어들 용기가 없었다는 것이지만 어쨌든 김 대리는 최가 저런 고차원적인 생각도 할 수 있다는 데 신기함을 느꼈다.

"근데 뭐, 이렇게 될 줄 알았으면 그냥 한번 해보기나 할 걸 그랬어요."

최의 입에서 나온 것치고는 굉장히 정상적이고 평범한 발언이었다. 김 대리는 또다시 놀라는 한편 속으로 그러게, 하고 대답했다. 문득 궁금해졌다. 이렇게 될 줄 미리 알았으면. 그랬다면…….

그랬다면 난 뭘 했을까.

고립 전의 일상을 떠올리자면 뚜렷이 생각나는 게 없었다. 애인도 없고, 반려동물도 없고, 나이를 먹고 나니 친구 놈들은 죄다 장가가서 애 키우느라 바빠 만날 수도 없었다. 월급이 들어와도 월급날 아침만 기쁘고 끝이었다. 뭘 위해 돈을 모으는지도 뭐에 돈을 써야 할지도 모르면서 기계처럼 회사와 집을 오갈 뿐이었다. 어찌 됐든 제 입에 들어가는 끼니 정도는 스스로 벌어먹는, 적어도 1인분은 하는 인간이 돼야 하니까.

취미라곤 고어물을 보는 것뿐이었는데, 정작 온 세상이 고어물이 돼버렸으니 이젠 더 이상 그걸 취미라고 말할 수도 없었다. 기계 같은 걸 잘 다루기라도 했다면 지금 뭔가 돌파구를 찾을 수 있었을까. 할 줄 아는 재주가 하나라도 더 있었으면 좀 나았을까. 진탕 놀아라도 볼걸. 아니면 남들처럼 공부를 하든가. 시험을 치는 건 지긋지긋하니 이직이라도 준비해 볼걸 그랬나. 아니, 어차피 이렇게 될 거 그냥 회사 같은 건 때려치우고 유유자적 쉬어나 볼걸. 여행이라도 마음껏 다녀볼걸. 동물까진 아니어도, 하다못해 상추 씨앗이라도 심어서 키워볼걸.

그날 아침에 아버지와 딱 한 통화만 해볼걸. 닥터 윤에게 딱 한마디만 더 걸어볼걸. 달방아커피에서 마지막으로 만났던 날, 닥터 윤이 "좋아요, 다음에 마주치면 꼭 사드릴게요"라고 말했을 때, "언제요?"라고 딱 한 번만 용기 내서 물어볼걸.

딱 한 번만 더, 뭐라도 해볼 기회가 다시 주어진다면 좋을 텐데.

그러나 이제는 너무 늦어버린 생각이었다. 김 대리는 씁쓸함을 삼켜내며 최에게 물었다.

"야, 나도 배우면 그렇게 그릴 수 있냐?"

최가 어떻게 그런 개소리를 할 수 있냐는 듯한 표정으로 김 대리를 올려다보았다.

"되겠어요?"

"너도 전공한 건 아니잖아, 인마."

"전 초등학교 3학년 때부터 그림을 그렸다구요. 게다가 전 기본적으로 재능이……."

최가 진위가 불분명한 자신의 수상 이력을 줄줄 늘어놓기 시작한 때였다. 사무실 왼쪽 문이 열리더니 박 부장이 뛰어 들어왔다. 박 부장의 얼굴은 못 볼 것을 본 사람처럼 하얗게 질려 있었다. 사무실을 오갈 땐 반드시 문을 잠가야 한다는 철칙마저 잊을 만큼 놀란 것 같았다.

"기, 김 대리."

"부장님, 왜 그러세요?"

박 부장이 숨을 헐떡이며 도저히 믿을 수 없는 한마디를 내뱉었다.

"창밖에, 사, 사람이 있어."

세 사람의 경악한 시선이 허공에서 교차했다.

*

"우와…… 진짜 사람이네요."

최가 중얼거렸다. 세 사람은 남자 화장실 창문 앞에 모여 웅성거리는 중이었다. 박 부장의 말에 따르면, 볼일을 마치고 창밖을 보며 담배를 피우고 있는데 누군가 A플라자의 옥상 문을 박차고 나타났다고 했다. 성인 남자 어깨만 한 너비의 좁은 창문이라 세 사람은 번갈아 가면서 창문 밖으로 고개를 뺐다. 이윽고 그들은 A플라자 옥상을 걸어 다니는 존재가 좀비가 아니라 사람이 분명하다는 데 의견을 모았고, 신대륙을 발견한 것 같은 열기에 사로잡혔다.

A플라자까지는 거리가 꽤 있고 층수 차이도 나기 때문에 맨눈으로는 누구인지, 어떤 상태인지 명확히 파악하기가 어려웠다. 김 대리는 사무실로 돌아와 사무실 공용 서랍 안을 뒤졌다.

서랍 안에는 각자의 휴대폰 세 개가 보관되어 있었다. 김 대리는 가장 최신 모델인 최의 휴대폰을 집어 들었다. 전원 버튼을 누르자 화면에 사과 모양 로고가 떠올랐다. 비교적 새 기기여서인지 배터리가 생각보다 더 많이 남아 있었다.

A플라자, 생존자. 김 대리는 어떤 예감에 손끝이 떨려오는 것을 느꼈다.

김 대리에게 휴대폰을 넘겨받은 최는 카메라 앱을 켜고 능숙한 손길로, 그리고 약간은 의기양양한 태도로 설정 몇 개를 바꿨다. 그러자 줌인 후에도 꽤 괜찮은 화질이 유지됐다. 망원경이 된 셈이었다.

"조금 더 확대해 봐."

"이게 최대치인데요."

박 부장이 재촉하자 최가 툴툴거리며 휴대폰 화면 위 두 손가락을 몇 번 더 벌려 보였다. 가장 뒤쪽에 밀려나 있던 김 대리는 초조함에 얼굴을 들이밀었지만 최의 손 때문에 화면이 잘 보이지 않았다.

"여자네요."

최가 말했다. 그게 별 중요한 사실이 아님을 알면서도 그들은 묘한 마법에 걸린 것처럼 입을 딱 다물고 화면을 집중해서 바라보았다. 머리카락이 짧은 데다 머리부터 발끝까지 시커먼 옷을 입고 있어 멀리서 볼 땐 긴가민가했는데, 화면 속 존재는 정말 여자가 맞았다. 여자는 자기 몸만 한 크기의 배낭에서 물품들을 끄집어내 옥상에 그늘막 같은 것을 설치하고 있었다.

어느 순간, 깨달음이 벼락같이 김 대리를 내려쳤다. 여자는…… 닥터 윤이었다. 그토록 다시 마주치고 싶어 했지만 끝내 만나지 못했던 그녀. 김 대리의 심장이 벌컥벌컥 뛰기 시작했다.

닥터 윤은 능숙한 솜씨로 초여름의 땡볕을 그늘로 바꾼 후, 돗자리를 깔고 자리에 앉아 가방에서 물건 몇 가지를 꺼냈다. 옥수수 캔 통조림과 수저, 수첩과 펜, 아기자기한 디자인의 블루투스 스피커였다. 박 부장이 옆에서 바람 빠진 소리를 냈다.

"뭐 밥 먹는 데 음악이라도 들으려고 저러나."

옆에서 최가 한심하다는 듯 대꾸했다.

"그게 아니라…… 라디오를 들으려나 보죠. 블루투스 스피커엔 보통 라디오 기능이 붙어 있으니까."

이미 충격으로 굳어버린 채 겨우 숨만 쉬고 있던 김 대리에게 또 한 번의 거대한 충격이 날아들었다. 라디오. 라디오는 곧 외부 정보를 뜻했다. 정말 닥터 윤이 라디오를 들으려는 것일까? 그들은 다시 줌인된 휴대폰 화면에 집중했다.

얼마 후 닥터 윤은 스피커를 귀에 가까이 댄 채 바닥에 내려놓은 수첩에 뭔가를 적어 내려가기 시작했다. 무언가를 듣고 있는 게 분명했다. 그것도 적을 만한 가치가 있는 정보를. 그 말은 라디오로 송출되는 방송이 있다는걸, 동시에 방송을 송출하는 누군가가 있다는걸 뜻했다. 김 대리의 생각이 연쇄적으로 흘러갔다. 닥터 윤, 생존자, 라디오, 송출되는 방송, 더 많은 생존자.

  그 끝에는 아마도, 살아 있는 시스템.

4장
전략 (Strategy)

14

세 사람은 화이트보드 앞에 모였다. 박 부장은 회의 '아젠다' 설정이 우선이라며 보드 마커를 집어 들었다. 그는 식량 점검표를 지우고 그 자리에 'Contact'라고 쓰더니 잠시 머뭇거리다 뒤이어 '전략'이라고 적었다. 김 대리는 박 부장이 'Strategy'의 스펠링을 쓸 자신이 없었던 게 분명하다고 생각했다. 또 저놈의 생존 3계명은 그대로 두고 자신이 아침에 펜 색깔을 바꿔가며 열심히 작성해 놓은 표만 홀랑 지워버린 게 어이가 없었다. 하지만 그런 사소한 일 따위는 더 이상 중요하지 않았다. 조급증이 치밀어 가슴께가 울렁울렁했다. 박 부장과 최 역시 잔뜩 흥분한 기색이었다. 거의 20일 만에 마주한 생존자이니 그럴 수밖에 없었다.

평소와 달리 열기를 품은 회의의 주된 논의 내용은 닥터 윤과 어떻게 '컨택'할 것인가였다. 소리를 쳐서 불렀다간 주변에 있는 좀비들을 모두 다 폭주시키고 말 터였다. 최가 무언가를 A플라자 옥상으로 던져 시선을 끌어보자는 의견을 냈지만 그들의 허약한 팔뚝 힘으로 도달할 수 있는 거리가 아니라 즉시 기각됐다.

거울로 햇빛을 반사해 쏘거나 밤에 손전등을 비춰보자는 김 대리의 의견이 그나마 가장 그럴듯했지만 박 부장이 태클을 걸어왔다. "그래서? 그렇게 주의를 끌어서, 그다음엔 어쩔 건데?" 필담을 하기엔 카메라 앱을 최대로 줌인해도 수첩의 글자가 보일 거리는 아닌 데다, 그녀가 이쪽에서 쓴 글씨를 볼 수 있을 만한 도구를 가졌는지도 미지수였다. 게다가 누구인지 알지도 못하는 낯선 남자들의 신호를 그녀가 우호적으로 받아들일지부터 알 수 없는 일이었다.

이런저런 의견이 오갔지만 회의는 늘 그랬듯 점점 알맹이 없이 흘러갔다. 김 대리는 소통하지 못하더라도 일단 그녀에게 그들의 존재를 알려야 한다고 주장했다. 또 다른 생존자가 있다는 사실을 확인하는 것만으로도 그녀가 위안을 받을 수 있을 테고, 닥터 윤 쪽에서 뭔가 기발한 방법을 생각해 낼지도 모르니까. 그러나 박 부장은 김 대리가 무슨 얘기를 하든 불가능하다, 터무니없다, 말이 되냐 등의 타박과 함께 기각을 선언했다. 그럼 그럴 때를 빼곤 쉽게 집중력을 잃어버리는 최는 딴생각으로 빠졌는지 어느 순간부터 의견 없이 멍한 표정만 짓고 있었다.

김 대리는 답답해졌다. 그들의 의사 결정 과정은 항상 이런 식이었다. 김 대리가 어떤 의견을 얘기하든 박 부장은 트집부터 잡으며 그게 되겠냐는 말을 늘어놓았고, 최는 두 사람이 결론을 내릴 때까지 얼을 빼고 있다 뒤늦게서야 이의를 제기하곤 했다. 결과적으로 대부분의 일은 박 부장의 터무니없는 고집대로 흘러가거나 결정 없이 무한정 다음으로 미뤄지기 일쑤였다. 그런 식으로 실행되지 못하고 산화된 각종 계획만 한 트럭이었다. 아니나 다를까, 박 부장은 계속 닥터 윤을 관찰하면서 추이를 지켜보자는 김새는 소리를 늘어놓기 시작했다.

"아직 식량도 꽤 있으니까, 일단 경거망동하지 말고 구조를 기다리면서……."

"부장님."

웬만하면 상사 말을 끊는 법이 없는 김 대리가 손을 들어 박 부장의 말을 막은 건 그 때문이었다. 그는 지금의 상황이 그동안 시도조차 되지 않았던 계획들처럼 흐지부지되도록 놔둘 수 없다. 닥터 윤의 생존을 확인한 순간부터 김 대리의 가슴속엔 행동해야 한다는, 그렇지 않으면 영영 기회를 놓쳐버리고 말 거라는 뜨거운 확신이 회오리치고 있었다. 희망 또한 싹텄다. 어쩌면 아직 늦지 않았다고, 닥터 윤을 다시 만날 수 있을지도 모른다고.

김 대리는 회의용 테이블 위에 펼쳐진 자신의 수첩을 내려다보았다. 10층의 구조도와, 수십 번도 넘게 동그라미 친 '정보'라는 글자를. 닥터 윤은 분명 시그널이었다. 그가 그토록 소망하던 새로운 실마리였다. 그녀는 갑자기 왜 옥상으로 올라왔을까? 좀비들에게 쫓겨서? 무언가를 찾기 위해? 아니면 혹시…… 구조가 예고된 것은 아닐까?

박 부장은 언제나처럼 상황의 본질을 놓치고 있었다. 닥터 윤과 접촉해 그녀가 보유한 정보를 확보할 수 있다면 가장 좋겠지만, 결국 중요한 것은 정보가 있다는 사실 그 자체였다. 지금까지는 받을 정보가 있는지조차 불분명했다면 이제는 확실히 알게 된 것이다. 위험을 무릅쓸 만한 가치 있는 정보가 존재한다는 것을. 그 정보가 꼭 닥터 윤에게서 나와야 한다는 법은 없었다.

몸을 일으킨 김 대리는 박 부장의 '우주폰'을 가지고 와 테이블 위에 올려놓은 후 박 부장이 들고 있는 보드 마커를 공손히, 그러나 단호하게 뺏어 들었다.

김 대리는 화이트보드 위에 먼저 커다란 직사각형을 그린 후 세로선을 그어 그것을 절반으로 나눴다. 그렇게 만들어진 왼쪽 직사각형에 가로선을 그어 위쪽은 작고 아래쪽은 큰 두 개의 직사각형으로 나눈 다음, 위쪽 직사각형에는 '탕비실', 아래쪽 직사각형에는 '통합 사무실'이라고 적어넣었다. 그는 탕비실의 오른쪽 세로선에 복도로 통하는 문을 한 개, 통합 사무실의 오른쪽 세로선에 복도로 통하는 문을 두 개 그려 넣었다. 그다음 탕비실과 통합 사무실을 이어주는 문을 그리고, 통합 사무실 안에 그들을 뜻하는 검은색 동그라미 세 개를 그려 넣었다.

이어서 그는 오른쪽 직사각형에 복도를 비롯한 나머지 공간의 구조를 그렸다. 통합 사무실 가장 아래쪽에 그려진 출입문을 나와 복도를 사이에 둔 건너편에는 Z-Day에 그들이 회의를 했

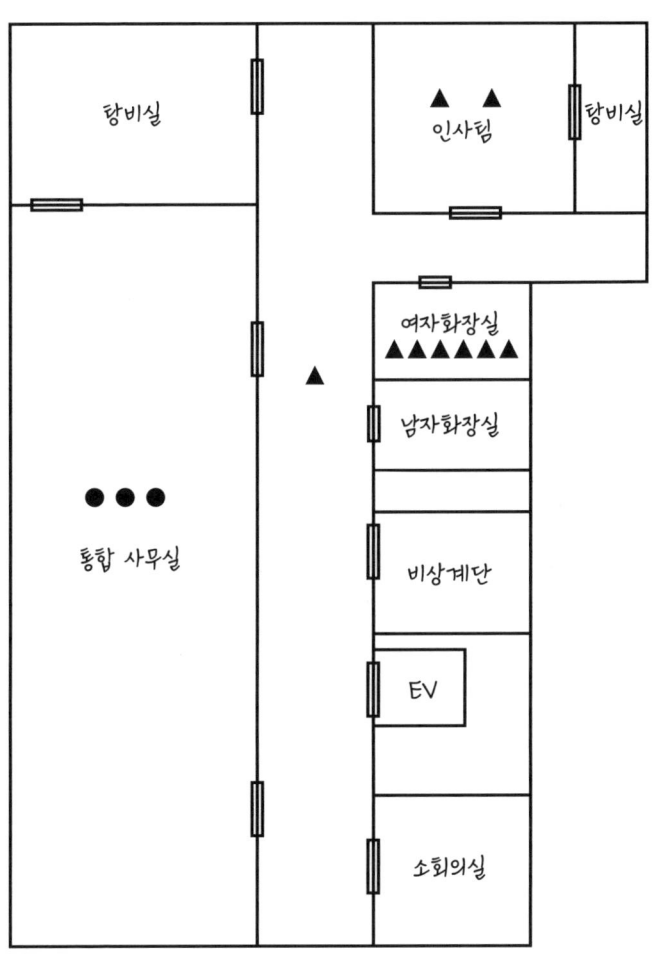

10층 구조도

던 소회의실이 있었다. 그 위로 복도를 따라 오른쪽에 엘리베이터, 비상구, 남자 화장실이 차례로 이어졌다. 남자 화장실을 지나서는 복도가 오른쪽으로 꺾였고, 꺾은 상태에서 볼 때 오른쪽에는 여자 화장실, 왼쪽에는 인사팀 사무실이 있었다. 김 대리는 좀비를 뜻하는 세모를 복도에 한 개, 여자 화장실에 대여섯 개, 인사팀 사무실에 두 개 그려 넣었다.

그의 수첩 속에만 있던 10층의 구조도이자, 박 부장이 아침 내내 타령을 늘어놓은 '비주얼라이제이션'이었다. 김 대리는 혼신의 프레젠테이션을 시작했다.

*

김 대리의 제안 자체는 특별할 게 없었다. 늘 주장하던 대로, 같은 층에 있는 인사팀 사무실을 탐색해 C타입 유선이어폰을 확보하자는 소리였다.

"야, 김 대리야. 누군 그런 말 못 해서 안 하는 줄 알아? 거기 있는 좀비들을 어떻게 해야 들어갈 거 아냐. 그걸 어떻게 할 거냐고, 어떻게."

예상대로 박 부장의 질타가 날아들었지만 김 대리는 평소와는 달리 주눅 들지 않았다. 그는 지금 닥터 윤 때문에 눈에 뵈는 게 없는 상태였다. 김 대리는 대답에 앞서 인사팀 사무실 영역에 그려진, 조 부장과 정 인턴을 뜻하는 세모 두 개를 지웠다.

"좀비들을 유인해서 빼내는 겁니다, 부장님."

"빼낸다고?"

"네. 그다음 가두는 겁니다."

"가둔다고? 설마 화장실이나 저기, 소회의실에? 그건 이미 안 되는 거로 결론 났던 거 아니야?"

박 부장이 인상을 찡그리며 물었다. 그의 말대로 예전에 복도 확보를 위해 오 과장을 유인해 가두는 계획을 세웠다가 포기한 적이 있었다. 좀비를 유인하는 건 어렵지 않았다. 위험 반경 밖에서 손뼉을 치거나 바닥을 두드리는 등 일정한 소리를 내 따라오게 하면 됐다.

그러나 좀비를 가두는 건 난이도가 달랐다. 오 과장을 가둘 만한 공간은 각 화장실과 소회의실뿐이었는데, 여자 화장실엔 Z-Day 때부터 이미 다른 좀비 여러 마리가 갇혀 있었다. 남자 화장실과 소회의실은 각자 출입구가 하나뿐인 데다 공간이 협소한 게 문제였다. 가둘 공간에 유인자가 먼저 들어가 소리를 내 좀비를 유인한 다음 다시 입구로 빠져나와야 하는데, 그 과정에서 좀비의 위험 반경에 들어갈 가능성이 너무 컸다. 게다가 경첩이 고장 난 소회의실의 문은 제대로 닫히지도 않아 오갈 때면 반쯤 열린 문틈으로 몸을 겨우겨우 비집어 넣어야 했다.

그럼에도 김 대리에게는 다 계획이 있었다. 그는 화이트보드

위 구조도에서 복도에 있는 세모 한 개와 통합 사무실 영역에 있는 검은 동그라미 세 개를 지운 다음, 통합 사무실 영역에 세모 세 개를 그려 넣었다.

"거기 말고, 여기에 가두는 겁니다. 지금 저희가 있는 사무실이요."

작전 성공의 키는 유인자가 좀비들을 피해 무사히 빠져나올 수 있느냐였다. 출입구가 여러 개면서 좀비의 위험 반경을 벗어날 수 있을 만큼 넓은 공간이어야 했다. 좀비들이 자유롭게 움직이기 어렵도록 장애물이 있는 곳이라면 더더욱 좋았다. 다행히도 이 10층에는 그런 공간이 딱 한 군데 있었다. 바로 그들이 점유한 통합 사무실이었다.

박 부장의 입이 떡 벌어졌다.

"여기에다 가두겠다고? 그게 되겠어? 우린 어떻게 하고?"

박 부장의 질문에 김 대리는 인사팀 사무실 영역 위로 검은 동그라미 세 개를 그려 넣었다.

"저희는 여기로 가는 거죠. 인사팀으로. 쉽게 말해 좀비들하고 위치를 트레이드하는 겁니다."

최가 불쑥 끼어들었다.

"저 근데, 먹을 게 다 여기에 있는데요?"

"식량하고 식수는 옮기면 그만이지."

김 대리는 구조도를 가지고 본격적인 설명을 시작했다. 구체적인 작전은 이랬다. 먼저 탕비실의 식량과 식수를 모두 소회의실로 옮긴 다음, 파티션과 책상 등으로 통합 사무실의 중앙을 가르는 일종의 바리케이드를 설치한다. 두 개의 출입문을 가진 통합 사무실을 각각 한 개의 출입문을 가진 두 개의 공간으로 분리하는 것이다.

그다음에는 유인자가 통합 사무실의 오른쪽 공간 안에서 지속해서 소리를 내 오 과장을 유인한다. 오 과장이 사무실 안으로 들어오면 그사이 소회의실에 숨어 있던 다른 인원이 사무실 밖에서 오른쪽 출입문을 닫는다. 이때 유인자는 오 과장과 함께 오른쪽 공간에 고립되지만 문제는 없다. 바리케이드에 미리 만들어둔 작은 틈을 통해 재빨리 왼쪽 공간으로 이동한 후 그 틈을 막으면 되니까. 그렇게 오 과장을 오른쪽 공간에 먼저 고립시키는 것이 작전의 첫 단계였다.

두 번째 단계는 인사팀 좀비들이 대상이었다. 유인자가 인사팀 사무실의 출입문을 열고 소리를 내 그들을 인사팀 사무실 바깥으로 나오게 한 후, 통합 사무실의 왼쪽 출입문으로 들어오도록 유인한다. 좀비들이 모두 통합 사무실 안으로 들어오면 남자 화장실에 숨어 있던 다른 인원이 즉시 왼쪽 출입문을 닫는다. 이번에도 유인자는 좀비들과 함께 왼쪽 공간 안에 고립되지만, 오른쪽과 달리 왼쪽 공간에는 빠져나올 구멍이 한 곳 더 있었다.

"바로 여깁니다, 탕비실."

김 대리가 탕비실 위에 빨간색 보드 마커로 별표를 쳤다. 탕비실에는 통합 사무실과 이어지는 문뿐 아니라 복도로 이어지는 문이 따로 있었다. 일종의 통로인 셈이었다. 유인자가 사무실의 왼쪽 공간에서 탕비실로 도망쳐 복도로 빠져나오면 작전은 끝이었다. 세 좀비가 모두 통합 사무실 안에 고립되는 것이다.

 긴 설명을 끝낸 후 김 대리는 박 부장과 최의 표정을 살폈다. 두 사람 다 한동안 말이 없었다. 박 부장은 어떤 트집을 잡을지 고민하는 듯 팔짱을 낀 채 고개를 갸웃거렸고, 최는 무슨 생각을 하는지 알 수 없는 예의 그 표정을 짓고 있었다. 김 대리는 닥터 윤이 옥상으로 올라온 이유에 대한 자신의 추측을 추가로 설명했다. 구조가 예고된 것일지도 모른다고.

 얼마 후, 박 부장이 입을 뗐다.

 "김 대리 너, 자신 있어?"

 김 대리는 확신에 차 대답했다.

 "예. 자신 있습니다, 부장님."

 거짓말이 아니었다. 이런 확고한 자신감을 느껴본 것은 난생처음이었다. 김 대리와 박 부장의 시선이 허공에서 맞부딪혔다. 김 대리는 입사 이래 최초로 박 부장의 눈을 피하지 않았.

 박 부장이 다시 입을 연 것은 김 대리의 머릿속에서 이제 슬슬 눈을 피하고 싶다는 생각이 고개를 들었을 즈음이었다.

 "음, 생각 많이 한 것 같네."

칭찬에 인색한 박 부장이 드물게 누군가의 아이디어를 인정할 때 하는 소리였다. 김 대리는 반사적으로 '감사합니다'라고 외칠 뻔했다.

"이건 언제부터 기획한 거야?"

"아…… 좀 됐습니다."

"진작 말을 하지 왜 이런 아이디어를 썩히고 있었어?"

껄껄 웃는 박 부장을 향해 김 대리는 떨떠름한 미소를 지어 보였다. 썩히긴. 이미 예전에 말을 꺼낸 적이 있는 아이디어였다. 유인자를 제외한 나머지 두 명의 위험도가 여타 아이디어에 비해 획기적으로 낮음에도 불구하고, 터무니없다며 박 부장에 의해 기각된 건이었다. 원래 박 부장의 결정은 같은 사안일지라도 늘 기분이나 상황에 따라 좌우됐다. 아니면 구조도를 사용한 '비주얼라이제이션'이 제대로 먹힌 것이든가.

"하…… 근데 말이야. 아이디어는 괜찮은데 리스크가 너무 크단 말이지. 까딱 잘못하면 김 대리 네가 크게 다칠 수도 있고. 정말 할 수 있겠어?"

말투만 걱정이지 김 대리가 가장 위험한 유인자 역할을 할 거라고 기정사실화하는 말이었다. 어차피 총대를 멜 각오를 하고 꺼낸 의견이었지만 당연하다는 듯 책임을 떠넘기는 박 부장의 화법은 언제 들어도 재수 없었다. 박 부장은 신중을 기하는 척하고 싶은지 쯥, 따위의 소리를 내며 고민하는 시늉을 하다 최를 돌아보았다.

"신입 생각은 어때? 자유롭게 말해봐. 다른 아이디어든 보완 사항이든."

미우나 고우나 같이 일한 세월이 5년이었다. 김 대리는 이미 박 부장이 자신의 의견을 받아들였다는 걸 알았다. 다만 김 대리를 사지로 몰아넣는다는 껄끄러운 마음을 덜고 싶어서 평소에는 말도 안 거는 최를 괜히 건드려 보는 게 분명했다.

멍하니 앉아 있던 최는 아, 소리를 내더니 머리를 긁적이다, 코를 만지작거리다, 다시 머리를 긁적이며 입을 열었다.

"근데 저, 제대로 못 들었는데 다시 설명해 주실 수 있나요?"

15

 김 대리는 세 번 더 작전 설명을 반복하고 나서야 최를 이해시킬 수 있었다. 난관은 거기서 끝이 아니었다. 설명이 끝나자 박 부장과 최 사이에 다툼이 벌어졌다. 작전 시 둘 중 한 사람이 사무실 밖에서 출입문을 닫아주는 역할을 해야 하는데, 그 과정에서 좀비와 가까워지는 게 부담스럽고 싫은지 서로에게 역할을 미루기 시작한 것이다.
 "이런 건 당연히 젊은 놈이 해야지, 쉰도 넘은 내가 해야겠냐?"
 "당연히가 어딨어요. 전 비위가 약해서 이런 거 못 해요."
 "못 하는 게 어딨어, 다 닥치면 하는 거지. 요즘 애들은 왜 이렇게 도전 정신이 없나 몰라!"
 "전 도전 정신 없으니까 도전 정신 있는 부장님이 하시면 되잖아요!"
 "하고 싶어도 몸이 안 따라줘서 못 한다니까? 허리가 쑤셔서 가만히 서 있지도 못한다고, 지금 내가!"
 "이런 말까진 안 하려고 했는데, 아픈 척 좀 그만하세요. 맨날 체조는 잘만 하면서 고작 문 닫는 걸 왜 못 해요?"

"뭐어? 야, 인마! 내가 오냐오냐하니까 눈에 뵈는 게 없냐?"

"언제 오냐오냐하셨는데요? 전 기억에 없는데요?"

"아니, 이 어린놈의 새끼가?"

김 대리는 어이가 없었다. 좀비들과 육탄전을 벌이라고 한 것도 아닌데 이러고들 있다니, 조금은 예상했음에도 막상 다툼이 벌어지자 인간적인 배신감이 들었다. 대학 시절, 조별 과제 조장이 되어 피피티 제작과 발표까지 도맡았는데 자료 조사 1, 2를 맡은 무임 승차자 두 명이 제 파트가 더 많다며 다투는 모습을 봤을 때와 비슷한 기분이었다. 아니, 그보다 더 나빴다. 적어도 그때는 목숨이 달려 있진 않았으니까.

김 대리가 옆에서 이제 그만들 하시라는 말을 열 번도 더 넘게 외쳐댔지만, 벽이 쳐진 것처럼 그의 말은 허공으로 흩어질 뿐이었다. 점점 목청을 높이던 두 사람은 얼마 안 가 김 대리까지 끌어들였다.

"하는 일도 없이 밥이나 축내는 주제에 말이야! 뭐라도 좀 도움이 되려고 해야 할 거 아냐! 너 같이 이기주의적인 놈들 때문에 조직이 망가지는 거야! 야, 김 대리야, 안 그러냐?"

"그러는 부장님이야말로 하는 것도 없이 맨날 대리님한테 이거 해라 저거 해라 시키기만 하잖아요! 대리님이 무슨 부장님 종도 아니고. 안 그래요, 대리님?"

"두 사람 다 일단 진정하시고……."

"진정은 무슨 얼어 죽을 놈의 진정! 야, 이 새끼야, 넌 위아래도 없냐?"

"근데 아까부터 왜 자꾸 욕을 하세요? 누군 욕할 줄 모르는 줄 아세요?"

"뭐? 그래, 인마, 내가 아까부터 계속 욕을 한다. 어쩔래, 칠래? 엉?"

급기야는 육탄전이었다. 박 부장이 최에게 달려들자 최는 뻗어오는 박 부장의 손을 피해 냉큼 김 대리의 등 뒤로 숨었다. 사이에 끼어버린 김 대리는 두 사람에게 앞뒤로 붙들린 채 정처 없이 흔들렸다. "제발 그만들 하시라구요! 이러다 좀비가 들어요!" 외쳐봤지만 씨알도 먹히지 않았다. 커피 얼룩이 묻어 있는 김 대리의 낡은 러닝셔츠는 앞쪽은 박 부장에게, 뒤쪽은 최에게 붙들려 한계까지 쭉쭉 늘어났다. 그러다 어느 순간, 부우욱 소리와 함께 허공에서 갈가리 찢어지고 말았다. 김 대리의 상체는 순식간에 알몸이 됐다. 벌거벗은 가슴으로 휑한 바람이 불어들었다.

마침내 김 대리는 폭발했다.

"제발, 좀, 그만하라고오오오!"

찢어진 옷 조각을 쥔 채로 싸움을 계속하려던 박 부장과 최가 김 대리의 울부짖음에 덜컥 멈춰 섰다. 동시에 쿵, 쿵, 쿵 무언가 빠르게 부딪히는 소리가 울려 퍼지기 시작했다. 세 사람의 시선이 한 곳으로 향했다.

유리벽 밖 복도에서 폭주 상태가 된 오 과장이 김 대리의 목소리에 화답하듯 벽을 쿵, 쿵, 쿵 두드리며 울부짖었다.

"키야아아아악!"

*

박 부장과 최의 다툼은 흐지부지 끝났다. 김 대리의 전례 없는 포효 때문이라기보단 오 과장의 폭주가 진정되길 기다리는 동안 두 사람의 분노가 애매하게 식어버렸기 때문이었다. 소강상태가 된 틈을 타 김 대리는 각자의 파티션 안쪽에 틀어박힌 박 부장과 최에게 각각 접근해 당근을 뿌리기로 했다. 어찌 됐든 작전은 계속돼야 하니까.

"부장님, 아시잖습니까. 제가 의지할 데라곤 부장님밖에 없는 거. 부장님 말씀대로, 신입 쟤를 어디다 쓰겠습니까. 아무리 생각해 봐도 이 일을 제대로 할 분은 부장님뿐입니다. 부장님, 제가 말주변도 없고 해서 그동안은 말씀 못 드렸지만, 저 부장님 존경합니다. 저 이번 작전 정말 자신 있습니다. 도와주십쇼, 부장님."

비록 꼰대일지라도 중요한 일을 맡기기에는 최보단 박 부장이 나았다. 가장 위험한 역할을 도맡을 자신이 대체 왜 이렇게까지 싹싹 빌며 부탁을 해야 하는지 스스로도 이해가 되지 않았지만, 김 대리는 생전 할 줄 모르던 아부까지 총동원해 가며 최선을 다했다. 박 부장의 반응이 시원치 않자 감정적 호소까지 덧붙였다.

"부장님, 저희 언제까지고 기다리기만 할 순 없지 않습니까. 이번이 마지막 기회일지도 모릅니다. 사모님하고 솔이, 보셔야 하잖아요."

순간 '솔이'가 박 부장의 딸 이름인지 강아지 이름인지 헷갈렸는데, 다행히 딸 이름이 맞는지 박 부장의 눈빛이 파르르 흔들렸다. 김 대리의 의도대로 마음이 동하는 듯했다. 얼마 후, 박 부장은 자신이 문 닫는 역할을 맡겠다며 고개를 끄덕였다.

다음은 최였다. 박 부장이 문을 닫아주기로 했으니, 최의 역할은 바리케이드 왼쪽 공간에서 대기하다가 김 대리가 오 과장 유인을 마치고 오른쪽에서 왼쪽으로 넘어오면 함께 책상으로 바리케이드 틈을 막는 것뿐이었다. 제일 간단한 역할이지만, 최가 돌발 행동 없이 잘 따라올 수 있도록 미리 잡도리를 할 필요가 있었다.

"너 힘든 거 다 알아, 인마. 불만 많이 쌓인 것도 알고. 그래도 좀만 참고 따라오잖아? 그럼 너한테 무조건 이득이야. 너 인사팀 사무실 안에 탕비실 따로 있는 거 알지? 거기에도 분명히 먹을 게 꽤 있을 거라고. 그거 뭐냐, 너 좋아하는 거, 소시지. 지금 우리 사무실엔 얼마 안 남았잖아. 거기엔 더 있을 거야, 분명."

"진짜 그럴까요?"

"그럼. 그거 완전 인기템이잖아. 없을 리가 없어. 가서 찾으면……."

김 대리는 목소리를 낮췄다.

"네가 좀 미리 챙길 수 있게 해줄게."

"진짜요?"

"그래, 인마. 그러니까 그냥 시키는 대로만 잘 따라와. 알겠지?"

완전히 넘어온 최가 결연한 눈빛으로 고개를 끄덕였다. 김 대리는 최를 향해 나만 믿으라는 뜻을 담아 미소를 지어 보였다. 막상 다 설득해 놓고 나니 스멀스멀 고개를 드는 불안감을 애써 무시하면서.

16

 전기를 잃은 도시는 밤이면 거대한 암실이 되었다. 건너편의 높은 건물들에 가려 달도 별도 잘 보이지 않았다. 지지리 길었던 하루의 끝에도 김 대리는 잠들지 못하고 어둠 속에서 한참을 뒤척였다. 박 부장과 최의 코골이가 이중주로 울려 퍼졌다. 평소라면 해가 떨어지자마자 가장 먼저 곯아떨어져 듣지 못했을 소리였다. 고립 초기, 저 소리가 복도의 오 과장을 자극할까 봐 잠도 제대로 자지 못했던 게 떠올랐다.
 오랜만에 힘을 써서인지 온몸이 다 뻐근했다. 오후 내내 세 사람은 오 과장을 피해 탕비실의 식량과 식수를 소회의실로 옮기고, 파티션과 책상, 수납장을 한데 모아 통합 사무실 중앙에 바리케이드를 세운 다음, 남은 책상과 의자로 좀비들의 경로를 방해할 장애물을 설치했다. 작전 수행일은 내일로 정했지만 그 전에 부수적인 준비를 모두 마친 것이다.
 혼자 늦도록 깨어 있자니 마음이 복잡했다. 낮 동안 그를 사로잡았던 뜨겁고도 명료한 확신이 쪼그라들고 반대로 불안감이 몸집을 빠르게 불려 갔다. 내일 이 시간, 자신은 무엇을 하고 있을까. 어떤 상태일까. 원하는 것을 얻었을 수도, 얻지 못했을 수도, 살아 있을 수도, 죽어 있을 수도 있었다. 가장 끔찍한 경우의 수 역시 배제할 수 없었다. 좀비가 되어 이지를 잃은 채 이곳을 영원히 배회하게 된다면……

 괜히 뭔가를 해보려다 명만 재촉하는 건 아닐까, 박 부장과 최, 저 인간들이 제 몫을 잘 해낼 수 있을까, 내일 아침에라도 작전을 보류하자고 해볼까. 뒤늦은 두려움이 초 단위로 고개를 들었다. 각오 역시 뭉쳤다 흩어지길 반복했다. 김 대리는 옷가지들을 뭉쳐 만든 베개로 양 귀를 막고 몸을 새우처럼 웅크렸다. 그러나 코 고는 소리도, 온갖 부정적인 생각과 감정도 막을 수는 없었다. 러닝셔츠가 찢어지는 바람에 맨몸 위에 걸친 정장 재킷의 감촉이 서늘했다.

 선잠이 들었다 몇 번이나 깨길 반복하던 김 대리가 완전히 잠에서 깨어났을 땐 아직 어스름이 깔린 새벽이었다. 주변은 조용해져 있었다. 멀리서 오 과장의 발 끄는 소리만이 울려 퍼졌다. 온통 땀으로 젖은 등줄기가 오싹오싹했다. 내용은 잊어버렸지만 계속 악몽을 꿨다는 건 기억이 났다. 꿈자리가 사납다는 게 이런 걸까. 지금이라도 정말 계획을 재고해 봐야 하는 게 아닌가 싶었다. 더 누워 있어도 잠이 올 것 같지 않았다. 그는 통창 너머 푸르스름한 바깥을 노려보다 몸을 일으켰다. 그러고는 담배와 라이터, 열쇠, 장우산과 함께 손전등을 챙겼다.

어둠에 적응한 눈은 새벽빛만으로도 얼추 사물을 구별해 낼 수 있었다. 오 과장이 오른쪽 문 근처를 배회 중임을 확인한 김 대리는 왼쪽 문을 열고 복도로 나섰다. 발걸음을 빨리해 남자 화장실로 들어가려는데, 갑자기 어스름 속에서 오 과장의 목소리가 울려 퍼졌다. 입술이 없는 그녀의 말은 짐승의 울음소리처럼 들렸다.

"이애⋯⋯ 아오⋯⋯ 이어."

김 대리는 저도 모르게 멈춰 섰고, 돌아보지 않으려 했지만 돌아보고 말았다. 소회의실 쪽 복도 저 멀리서 그를 향해 느릿느릿 걸어오고 있는 오 과장을. 마음이 복잡해서일까, 흰 막에 싸인 오 과장의 눈을 마주하자 김 대리는 갑자기 숨이 턱 막히는 것을 느꼈다.

평소 김 대리는 오 과장을 비롯한 좀비들을 그가 기존에 알던 생전의 존재가 아닌, 좀비로만 대하려 애쓰고 있었다. 호칭 역시 원래의 호칭을 쓰지 않고 웬만해선 그냥 '좀비'라고 불렀다. 좀비의 습성을 알아내기 위해 오 과장을 관찰하면서 생긴 태도였다. 둘을 완전히 분리해 내는 건 불가능했지만 적어도 감상에 빠지진 않으려 노력했다. 그렇게 하지 않으면 이 상황을 견디기 힘들 것 같아서, 심리적으로 무너질까 봐 택한 방식이었다.

그러나 이따금 감정의 파도가 훅 밀어닥칠 때가 있었다. 애써

억누르던 기억들이 떠올랐다. 신입사원 시절 사고를 친 후 자책하느라 점심도 먹지 못한 김 대리에게 삼각김밥을 사다 주던, 박 부장이 터무니없는 트집을 잡을 때마다 방패막이가 돼주던, 습격이 있던 날 아침에 아이 이야기를 하며 피로한 얼굴로 웃던 오 과장의 모습이었다.

"이애…… 아오…… 이어."

오 과장의 목소리가 다시 한번 울려 퍼졌다. 처음엔 알아듣지 못했지만 어느 순간 뜻을 알아챈 말이었다.

집에 가고 싶어.

좀비가 되던 순간, 오 과장은 그런 생각을 하고 있었을까. 김 대리는 오 과장을 물끄러미 바라보며 속으로 중얼거렸다.

'나도 그래요, 선배.'

오랜만에 불러보는 호칭이었다. 그는 오 과장과 너무 가까워지기 전에 도망치듯 남자 화장실로 발걸음을 옮겼다.

*

김 대리는 청소용 버킷 안의 빗물을 퍼 올려 얼굴을 씻었다. 씻는 건 물티슈로 하는 게 원칙이었지만 오늘은 꼭 물 세안을 하고 싶었다. 온갖 궂은일을 도맡아 하니 이 정도는 누려도 된다는 보상 심리도 있었다. 물이 직접 얼굴에 닿는 게 너무나 오랜만이라 살갗 위로 물방울이 흐르는 감각이 생생하다 못해 생소했다.

머리에도 한 바가지 뿌리자 등줄기까지 다 시원해졌다. 울고 싶던 마음도 조금은 잠잠해졌다. 생각 같아서는 벌거벗고 몸에도 물을 뿌리고 싶었지만, 비가 또 언제 올지 알 수 없으니 참기로 했다. 그는 가글까지 마친 후 거울을 바라보았다. 푸른 새벽빛 속, 수염이 지저분하게 자란 남자가 젖은 얼굴로 눈을 빛내고 있었다.

먼 하늘에 불그스름한 기운이 어렸다. 창가로 다가간 김 대리는 잠시 머뭇대다 손전등을 꺼내 들었다. '닥터 윤 컨택 전략'은 흐지부지됐지만 그녀에게 생존자의 소식을 알려주어야 한다는 생각엔 변함이 없었다. 아니, 실은 그냥 그녀를 한 번 더 보고 싶었다.

창밖으로 고개를 빼자, A플라자 옥상 그늘막 아래 삐죽 빠져나온 침낭 끄트머리가 보였다. 손전등 손잡이 밑바닥에 달린 버튼을 누르자 백색 등이 퍼져나갔다. 레이저 만큼은 아니라도 꽤 선명한 빛이 옥상 바닥과 그늘막, 침낭 밑 쪽을 맴돌았다. 잠시 기다려봤지만 반응이 없었다. 그는 손전등을 껐다 켜기를 거듭했다. 침낭이 움직인 건 버튼을 열 번쯤 반복해서 눌렀을 때였다.

그늘막 아래로 닥터 윤이 모습을 드러냈을 때 김 대리의 심장은 터질 듯이 뛰고 있었다. 거리와 낮은 조도 때문에 표정은 보이지 않았지만, 그녀의 얼굴이 손전등 쪽을 향하고 있다는 건 확실했다. 닥터 윤은 한참 동안 빛을 바라보고 선 채 움직이지 않았다. 놀란 걸까? 무서워하는 걸까? 아니면 저 빛이 뭔지, 누구인지 관찰하고 있는 걸까? 손전등을 들지 않은 손을 창문 밖으로 뻗어 좌우로 흔들자, 닥터 윤이 갑자기 그늘막 안으로 사라졌다. 깜짝 놀란 김 대리는 하마터면 저기요, 하고 소리를 지를 뻔했다. 다행히 닥터 윤은 금세 다시 그늘막 밖으로 빠져나왔다.

잠시 후, 김 대리를 향해 밝은 빛이 쏘아져 왔다. 그는 숨을 삼켰다. 닥터 윤의 손전등 빛이었다. 그녀는 김 대리를 따라 하듯 손전등을 껐다 켜길 반복하더니 그를 향해 손을 흔들어주기까지 했다. 김 대리는 상체를 창문에서 반쯤 빼고 마주 손전등을 비추며 손을 흔들었다.

혹시 자신을 알아본 걸까 싶었지만 이내 그럴 리 없다는 것을 깨달았다. 몇 달 전 병원을 잠시 들락거리다 우연히 카페에서 한 번 마주쳤을 뿐인 환자를 여태 기억할 리도, 설령 기억한다 해도 저 거리에서 그를 인식할 수 있을 리도 없었다. 하지만 상관없었다. 중요한 것은 꼼짝없이 죽은 줄로만 알았던 닥터 윤이 살아서 그를 향해 손을 흔들고 있다는 사실이었다. 두 사람의 불빛이 서로를 비추고 반사하며 고요한 허공을 밝혔다.

말 한마디 나누지 못했는데도 답답하기보단 도리어 속이 뻥 뚫리는 기분이었다. 불안과 두려움, 슬픔도 자취를 감췄다. 김 대리의 얼굴에 웃음이 번지는 것처럼 하늘에도 점차 밝은 빛이

번져나갔다. 해가 뜰수록 손전등 빛은 희미해졌지만 김 대리의 생존을 향한 의지는 더 밝게 불타올랐다.

*

통창으로 아침 햇살이 쏟아졌다. 아침 메뉴는 단백질 파우더와 뮹쉘, 영양제, 특식인 우주장사 소시지였다. 박 부장의 허락 아래 김 대리에겐 특별히 두 개의 소시지가 주어졌다. 최는 부러운지 김 대리를 흘끗거리면서도 웬일로 군말은 하지 않았다. 정작 김 대리는 무슨 최후의 만찬이라도 주는 건가 싶어 달갑지 않았지만 그래도 소시지 두 개를 다 먹어 치웠다. 긴장 때문에 맛이 제대로 느껴지지 않았다.

세 사람은 작전을 복기한 후 최종 준비에 돌입했다. 김 대리가 좀비의 이동 경로와 바리케이드의 상태를 다시 한번 점검하는데, 갑자기 박 부장이 다가와 무기를 바꾸자고 했다. 박 부장의 골프채는 그들이 가진 것들 중 가장 공격력이 높은 무기였다. 성 과장에게 팔기 위해 사무실로 가지고 올라온 것이 이렇게 쓰일지, 그때의 박 부장은 미처 몰랐겠지만.

"아니…… 이거 아끼시는 거 아닙니까?"

"그러니까 주는 거지, 인마. 마음 바뀌기 전에 얼른 받아, 팔 아파."

김 대리는 박 부장의 골프채를 받아들었다. 김 대리는 숫자 '7'이 적힌 골프채의 헤드 부분과 샤프트로 이어지는 연결 부위를 꼼꼼히 살펴보고 허공에도 여러 차례 휘둘러 보았다. 휙, 휙 위협적인 소리가 났다. 그동안 무기랍시고 들고 다니던 장우산은 장난감처럼 느껴졌다. 무엇보다 '7'이 쓰여 있는 게 마음에 들었다. 골프에는 취미가 없어 무슨 의미인지는 몰라도 행운이 있을 것 같았다. 물론 이 골프채를 좀비에게 휘두를 일이 없는 것이 가장 큰 행운일 테지만.

"그거 꽤 비싸게 주고 산 거거든. 내가 머리 올릴 때 쓰던 건데……."

박 부장이 자신에게로 넘어온 김 대리의 장우산을 마뜩잖은 표정으로 살펴보며 중얼거렸다. 신줏단지 모시듯 들고 다니던 골프채가 막상 손에서 떨어지니 불안한 모양이었다. 여태까지 온갖 궂은일에 김 대리를 앞세우면서도 양보한 적 없는 골프채였다. 열 번 잘하다 한 번 못하는 사람보다 열 번 못하다 한 번 잘하는 사람에게 고마움을 느낀다는 말이 정말이었던 걸까. 김 대리는 지금껏 박 부장에게 느껴왔던 치사함은 홀라당 잊고, 약간이지만 감동까지 받았다.

"감사합니다, 부장님!"

"그래, 인마. 우린 한배를 탄 거야. 꼭 성공하자고."

박 부장이 주먹을 내밀었다. 김 대리는 주먹 밑에 다른 손을 공손히 받쳐 박 부장과 주먹을 부딪쳤다.

"시작하자."

박 부장의 선언과 함께 그들은 각자의 자리로 흩어졌다. 박 부장은 소회의실에, 최는 사무실의 왼쪽 공간에, 김 대리는 사무실 오른쪽 출입문 앞 복도에 섰다. 오 과장은 김 대리에게서 등을 돌린 채 남자 화장실 쪽으로 걸어가고 있었다. 익숙한 뒷모습인데도 지금까지와는 비교도 안 될 만큼 긴장됐다. 심장이 펄떡펄떡 뛰었다. 손잡이를 쥔 손끝에서 맥박이 느껴질 정도로 온몸과 정신이 곤두섰다. 그는 심호흡을 한 후 손잡이를 고쳐 잡았다.

캉—

골프채 헤드로 복도 바닥을 톡 내리치자 날카로운 금속성의 소음이 퍼져나갔다. 그 울림은 귀가 아니라 손끝으로 스며들어 김 대리를 몸서리치게 했다. 오 과장이 뚝, 움직임을 멈추더니 비척비척 몸을 돌렸다. 그러고는 소리가 난 곳을 향해 다리를 끌며 천천히 다가오기 시작했다.

17

 미리 만들어둔 바리케이드의 틈을 통해 오른쪽 공간에서 왼쪽 공간으로 기어 나온 김 대리는 재빨리 몸을 일으켰고, 최와 함께 책상과 파티션으로 틈을 막은 후 왼쪽 출입문으로 도망치듯 사무실을 빠져나왔다. 온몸이 땀으로 흠뻑 젖어 있었다. 김 대리는 골프채를 지팡이 삼아 체중을 기댄 채 숨을 몰아쉬었다.
"야아! 고생했어, 어? 잘했어!"
 박 부장이 양 손바닥을 번쩍 들고 헐레벌떡 달려왔다. 김 대리는 웃어 보일 기운도 없어 고개만 겨우 끄덕이며 박 부장과 맥없이 하이파이브를 했다. 최와도 손바닥을 부딪치려던 박 부장은 곧 상대가 누군지 깨달았는지 머쓱한 표정으로 물러났.
 첫 번째 단계, 오 과장 고립은 순조롭게 성공이었다. 오 과장은 김 대리의 유도에 따라 이상 행동 없이 원하는 경로로 따라왔다. 그동안 수집한 정보와 경험을 믿으면서도 혹시 그들이 미처 파악하지 못했던 좀비의 다른 습성이 있는 게 아닌가 불안했던 김 대리는 첫 번째 단계의 성공 덕에 어느 정도 자신감을 얻었다.

꾸물거릴 새 없이 두 번째 작전을 개시했다. 박 부장과 최는 남자 화장실로, 김 대리는 인사팀 사무실의 출입문으로 향했다. 문을 열고 골프채 헤드로 바닥을 쳐 소리를 내자 각자의 위치에 있던 두 좀비가 출입문을 향해 움직이기 시작했다. 조 부장은 손에 들린 휴대폰 화면을 톡, 톡 두드리며, 정 인턴은 프린터기 덮개를 열듯 허공에다 두 팔을 휘저으며 걸어왔다. 김 대리는 오 과장 때처럼 일정한 간격의 소리로 좀비들을 유인했다.

두 번째 단계는 첫 번째만큼 순조롭진 않았다. 조 부장과 정 인턴의 속력 차이 때문이었다. 생전의 성격을 반영하기라도 하듯 조 부장은 빠르게 움직여 정 인턴보다 먼저 인사팀 사무실을 빠져나왔다. 김 대리가 뒷걸음질로 통합 사무실 왼쪽 문을 통과해 들어왔을 때 김 대리와 조 부장의 거리는 1.5미터 정도였던 반면, 조 부장과 정 인턴의 거리는 2미터 정도로 벌어져 있었다. 오히려 조 부장과 김 대리의 거리가 더 가까워져 버린 것이다. 두 좀비의 속력에 차이가 있을 거라고 예상은 했지만 이 정도일 줄은 몰랐던 김 대리는 당황했다.

김 대리는 조 부장과 사이를 최대한 벌리기 위해 사무실 안 통창에 바짝 붙었다. 왼쪽 출입문으로 들어선 조 부장이 통합 사무실의 중앙 위치쯤 왔을 때까지도 정 인턴은 아직 출입문 밖에 있었다. 이러다간 정 인턴이 사무실로 들어오기도 전에 김 대리가 먼저 조 부장의 위험 반경에 들게 될지도 몰랐다.

사무실 안에 미리 여러 가지 장애물을 세워놓은 게 그나마 다행이었다. 비척비척 걸어오던 조 부장이 김 대리와 1.5미터 정도 떨어진 위치에서 이동을 멈췄다. 이동 경로에 있는 책상을 피하려 몸의 방향을 이리저리 바꾸다 책상 서랍 손잡이에 옷자락이 걸렸기 때문이었다. 조 부장이 몸을 앞뒤로 움직일 때마다 책상이 덜컹덜컹 소리를 내며 흔들렸다. 심장이 쥐어짜지는 것만 같았지만 김 대리는 굴하지 않고 계속 골프채로 바닥을 내리쳐 소음을 냈다.

덜컹대는 소리는 바리케이드 너머, 오른쪽 공간에서도 들려왔다. 김 대리가 내는 소음 때문에 오른쪽 공간에 갇힌 오 과장 역시 자극을 받아 바리케이드를 밀고 있는 듯했다. 세워놓은 파티션이 밀리지 않도록 근처에 책상과 의자를 겹겹이 쌓아놓았음에도 불안감이 몰려왔다. 그렇다고 해서 바닥 치는 것을 멈출 수는 없었다. 소리를 내지 않으면 멀리 있는 정 인턴이 엉뚱한 경로로 가버릴 수도 있었다.

책상이 드르륵드르륵 소리를 내며 미세하게 밀리기 시작했다. 조 부장은 김 대리 쪽으로 고개를 빼고 반투명한 흰 막이 덮인 눈을 딸깍딸깍 깜빡이며 코를 킁킁거렸다. 조 부장의 입에서 웅얼거림이 흘러나왔다. 아마도 좀비가 되던 순간, 그가 마지막으로 생각한 말일 터였다.

"파, 팔까? 지, 지금?"

살이 썩어 뼈가 드러난 손가락이 꺼진 휴대폰 화면 위를 툭, 투툭 난타했다. 어느새 조 부장과 김 대리 사이의 거리는 불과 1.2미터 남짓이었다.

턱에서 땀이 뚝뚝 떨어졌다. 수 초가 수 분처럼 느껴졌다. 마침내 정 인턴이 사무실 안으로 발을 디뎠지만 그것만으론 충분하지 않았다. 사무실 중앙까지는 들어와야 박 부장이 정 인턴의 위험 반경 안에 들지 않고 사무실 밖에서 문을 닫을 수 있었다. 김 대리는 골프채로 끊임없이 소음을 냈다. 책상이 더욱더 가까워졌다. 조 부장과의 거리는 약 1.1미터. 김 대리는 미리 열어둔 탕비실 문을 흘끗거렸다. 정 인턴이 거북이처럼 느릿느릿 발걸음을 옮겼다. 김 대리는 애타게 빌었다. 한 발짝만, 딱 한 발짝만 더. 한 발짝…… 그래, 지금.

김 대리가 유리벽 너머 박 부장에게 손을 흔들어 신호하자 박 부장이 재빨리 남자 화장실에서 빠져나와 사무실 문을 당겨 닫았다. 그와 동시에, 바닥과 마찰하며 더디게 전진하던 책상이 끼기긱 소리와 함께 밀려들었다. 책상의 움직임을 따라 조 부장의 몸이 앞으로 쏟아졌다. 조 부장의 휴대폰은 그의 손에서 미끄러져 바닥을 나뒹굴었다. 조 부장과 김 대리의 거리가 순식간에 팔만 뻗으면 닿을 수준으로 가까워졌다. 위험 반경 안이었다.

조 부장이 갑자기 고개를 이리저리 꺾으며 코를 미친 듯이 킁킁거렸다. 김 대리는 골프채를 든 채 탕비실로 뛰었다. 좀비의 긴 울음소리와 함께 책상이 우르르 넘어지는 소리가 울려 퍼졌지만 뒤돌아보지 않았다. 탕비실로 들어서며 문을 당겨 닫는데 무언가가 문틈에 턱, 걸리는 느낌이 났다. 뒤를 돌아보니 조 부장의 손이 문틈에 끼어 있었다. 마디마디가 까맣게 썩은 손이 허공을 마구 쥐어댔다.

숨을 삼키며 골프채를 내던진 김 대리는 문고리를 두 손으로 잡아 온 힘을 다해 문을 강하게 밀었다가 조 부장이 밀려난 틈을 타 다시 문을 닫았다. 퉁, 투퉁, 퉁. 문에 무언가가 부딪히는 소리와 함께 폭주한 좀비들의 울음소리가 울려 퍼졌다.

얼마 후, 김 대리는 다리를 후들거리며 탕비실을 거쳐 복도로 빠져나왔다. 문을 열고 복도에 발을 내딛자마자 몸에 힘이 쭉 풀렸다. 그는 털썩 엉덩방아를 찧었다. 손끝이 사시나무처럼 떨리고 있다는 걸 그제야 알아차렸다.

"김 대리야, 됐다. 해냈다고!"

아마 하얗게 질렸을 자신과는 달리 화색이 도는 얼굴을 한 박 부장과 최가 앞다투어 달려왔다. 박 부장이 김 대리의 어깨를 마구 두드리는 바람에 김 대리는 골이 흔들려 하마터면 구역질을 할 뻔했다. 속에서 치받혀 올라오는 감각을 간신히 참아낸 그는 몸을 일으키려 다리에 힘을 주었다가 다시 주저앉았다. 긴장에 절어 있던 근육이 말썽을 부리는 모양이었다.

그때였다. 바닥을 바라보고 있던 김 대리의 시야 안으로 두 개의 손이 시간차를 두고 내밀어졌다. 김 대리는 고개를 들었다. 한 개는 박 부장의 손, 다른 한 개는 최의 손이었다. 김 대리가 멀거니 두 사람의 손을 바라보자, 박 부장이 "뭐 해?" 하며 잡고 일어나라는 듯 턱짓했다. 최 역시 옆에서 고개를 끄덕였다. 머뭇대던 김 대리는 곧 두 사람의 손을 양손으로 잡았고, 끙 소리와 함께 그에 의지해 몸을 일으켰다.

마침내 두 번째 단계까지 성공이었다.

18

세 사람은 인사팀 사무실로 당당히 입성했다. 한 달 만에 층을 바꾼 것도 아니고 고작 사무실 한 칸을 이동한 것뿐이지만 감회가 남달랐다. 사실상 단독 작전을 수행했음에도, 그동안 박 부장과 최에게 무수히 시달려 온 김 대리는 박 부장이 문을 제때 닫아준 것만으로도, 최가 사고를 치지 않은 것만으로도 감격스러웠다.

사무실 내부는 좀비 특유의 시취로 가득 차 있었다. 복도를 계속 돌아다니는 오 과장과 달리 좁은 공간에 두 마리의 좀비가 갇혀 있었으니 그럴 만도 했다. 조금 견디는 듯하던 최는 갑자기 비련의 여주인공처럼 입을 막고 사무실을 뛰쳐나갔다. 화장실로 달려가는 듯했다. 그 뒷모습을 보며 박 부장이 혀를 찼다. 김 대리는 냄새 때문에 뒤집히는 속을 참으며 더 안쪽으로 들어섰다.

인사팀 사무실의 구조는 단순했다. 20평 남짓한 정사각형 공간의 가장 안쪽 창가에는 조 부장의 자리가 있었고, 그 앞에서부터 입구까지 좌우 세 자리씩 총 여섯 명의 자리가 독서실처럼 늘어선 형태였다. 이리저리 넘어진 의자와 굴러다니는 물건들이 Z-Day 당시의 혼란을 말해주는 듯했다. 군데군데 묻은 핏자국과 정체를 알 수 없는 덩어리들은 굳이 자세히 살펴보지 않았다.

왼쪽 벽면엔 사내 행사 일정이 빼곡하게 표시된 커다란 화이트보드와 각종 도표가 붙어 있었다. 오른쪽 벽면엔 탕비실로 향하는 문이 있었는데, 문이 닫혀 있어 탕비실 내부는 볼 수 없었다. 혹시라도 탕비실 안에 좀비가 있을지 모르니 확인이 필요할 테지만 일단 우선순위부터 해결해야 했다. 각자 들고 있던 장우산과 골프채를 내려놓은 박 부장과 김 대리는 탐색을 위해 사무실 곳곳으로 흩어졌다.

조 부장의 책상 서랍을 뒤적이던 김 대리는 창가 근처에 놓인 완강기 케이스와 지지대도 확인해 보았다. 일회용이 아닌 다회용이었고, 열어보니 구성품도 다 있는 것 같았다. 지지대 상태 역시 괜찮았다. 김 대리의 가슴이 기대감으로 부풀어 올랐다. 계획만 잘 세운다면 언젠가 이걸로 이 지긋지긋한 빌딩에서 탈출해 닥터 윤을 구하러 갈 수 있을지도 몰랐다.

"찾았다!"

박 부장이 소리쳤다. 김 대리는 박 부장을 향해 고개를 돌렸다. 박 부장의 손에는 서랍에서 주렁주렁 딸려 나온 이어폰 줄이 들려 있었다. 김 대리는 소리 없는 환호성을 지르며 박 부장에게로 뛰어갔다. 작전 내내 긴장으로 바빴던 심장이 이번엔 기쁨으로 펄떡였다. 두 사람은 서로를 마주 보았다.

"부장님."

"어, 그래그래."

박 부장이 내민 이어폰을 받아 든 김 대리가 휴대폰도 달라는 뜻으로 손을 내밀었다. 박 부장은 미소를 머금은 채 자신의 주머니에 손을 찔러 넣었다. 그러다 갑자기 어? 하며 몸을 굳히더니 미친 사람처럼 주머니를 뒤지기 시작했다.

"왜, 왜요, 부장님? 왜요?"

박 부장의 얼굴에서 순식간에 웃음기가 사라졌다.

"두, 두고 왔다."

"네? 어디에다가요? 설마……."

김 대리의 심장이 덜컥 내려앉았다. 평소 그들은 휴대폰을 모두 모아 통합 사무실 공용 서랍 안에 보관했다. 설마, 그걸 미리 옮겨놓지 않았단 말인가? 김 대리는 경악에 차 박 부장을 쳐다보았다. 박 부장의 표정이 목 졸린 사람처럼 일그러졌다.

김 대리는 그 목을 조르는 사람이 되고 싶은 심정이었다. 박 부장에게 갈굼을 당할 때마다 이따금 하던 상상이기도 했다. 얼마 후 박 부장이 파핫 웃음을 터뜨리지 않았다면 오늘에야말로 현실이 됐을지도 모를.

"어디긴, 당연히 회의실이지. 내가 설마 사무실 안에 두고 왔겠냐."

"……예?"

얼이 빠졌던 김 대리는 곧 아, 했다. 박 부장의 장난이었던 것이다. 박 부장은 예전부터 이따금 이런 이상한 장난을 치곤 했다. 예를 들어 중요한 발표 자료를 숨겼다가 김 대리가 사색이 돼서 한참을 찾아다닌 후에야 돌려주는 식이었다. "군대에서 총 잃어버리면 되냐? 자료를 미리미리 잘 챙겨야지 이게 다 교훈이다" 같은 소리를 지껄이면서.

김 대리는 하아아, 길게 숨을 내뱉으며 어깨를 늘어뜨렸다. 쳐도 뭘 이런 걸로 장난을 치나 싶었지만 사안이 사안인지라 화보다는 안도감이 먼저 들었다.

"하, 이 새끼. 날 뭘로 보고."

본인의 장난이 통한 게 어지간히 만족스러웠는지 껄껄 너털웃음을 터뜨린 박 부장은 김 대리의 어깨를 치며 얼른 가서 휴대폰을 챙겨오라고 지시했다. 김 대리는 입 모양으로만 욕을 하며 돌아섰다. 골프채를 빌려줬다고 그동안 당한 수모는 잊고 방심한 자신이 한심하게 느껴졌다.

김 대리가 출입문을 나설 때 최는 핼쑥한 얼굴로 남자 화장실에서 나와 인사팀 사무실 안으로 들어오는 중이었다. 좁다란 문에서 그들의 어깨가 스쳤다.

김 대리는 소회의실로 걸어가며 통합 사무실 안을 슬쩍 들여다보았다. 날뛰던 좀비들은 평소의 모습으로 돌아와 있었다. 조 부장은 구석에 서서 이제는 비어버린 손으로 휴대폰 화면을 누르는 시늉을 하고 있었고, 정 인턴은 아무것도 없는 허공에 대고 프린터 덮개를 여닫는 행동을 반복 중이었다. 오 과장은 고립된 공간 안을 느릿느릿 걷고 있었다. 안도감과 함께 새벽에 오 과장을 마주하면서 느꼈던 미묘한 슬픔이 잠시 고개를 들었다가 사라졌다.

언제 넣어놨는지, 휴대폰들은 김 대리의 가방 안에 들어 있었다. 김 대리는 산 지 3년이 넘은 구형 모델이라 배터리 효율이 높지 않은 자신의 휴대폰 대신 상대적으로 신형인 박 부장의 휴대폰을 꺼내 들었다. 까만 화면을 보니 가슴이 울렁거렸다. 이제 이걸 켜서 이어폰과 연결하기만 하면……

몸을 일으키려던 김 대리의 눈에 문득 자신의 가방 깊숙한 곳을 굴러다니는 흰 약통이 들어왔다. 혹시나 하는 마음에 항상 가까운 곳에 뒀었지만, 더 이상은 필요하지 않을 것 같다는 이른 확신이 들었다. 김 대리는 약통 대신 가방의 측면 포켓에 꽂혀 있는 손전등을 꺼내 바지 뒷주머니에 챙겼다. 닥터 윤과 교신한 새벽 이래로 그에게 남다른 의미가 된 물건이었다.

소회의실을 빠져나오며 김 대리는 휴대폰의 전원을 눌렀다. 까만 화면 위로 익숙한 로고가 떠올랐다. 남의 회사 로고가 이렇게나 반갑긴 처음이었다. 휴대폰 액정이 밝아지며 배경 화면이 나타났다. 박 부장이 늘 보여주던 가족사진이었다. 배터리가 남긴 했지만 잔량 표시가 빨간색이라 마음이 조급해졌다. 보조 배터리를 가져올지 고민하다 일단 라디오부터 켜보자 싶어 주머니에 넣어온 이어폰을 꺼내 연결했다.

로딩이 끝나면 바로 라디오 앱을 켜려고 했는데 잠금 화면이 표시됐다. 아무 패턴이나 두어 개 넣어보며 남자 화장실을 지나친 김 대리는 인상을 찡그린 채 모퉁이를 돌았다. 고개를 드니 활짝 열린 인사팀 사무실 문 사이로 박 부장과 최가 각각 다른 위치에 서 있는 게 보였다. 박 부장은 조 부장의 책상 옆에 서서 왼쪽 벽면의 일정표를 눈으로 훑고 있었고, 최는 탕비실 문 앞이었다.

불길한 예감이 든 순간, 최가 탕비실 문고리를 잡는 모습이 눈에 들어왔다. 김 대리는 눈을 크게 떴다. 탕비실은 아직 확인이 끝나지 않은 곳이었다. 문을 열지 말라고 외치려던 김 대리는 멈칫했다. 좀비를 자극하지 않으려 소리를 죽이는 게 습관이 돼버린 탓이었다. 그사이 최가 탕비실 문을 당겨 열었다.

그다음부터는 모든 일이 순식간에 벌어졌다. 탕비실 문 안에서 반쯤 썩은 손 여러 개가 솟구쳤다. 최가 비명을 지르더니 뒤돌아 뛰기 시작했다. 문이 터지듯 열리며 좀비 네다섯 마리가 연달아 튀어나왔다. 그중엔 눈에 익은 차림의 성 과장도 있었다.

박 부장이 한 박자 늦게 뒤를 돌아보았다. 복도로 뛰쳐나온 최가 모퉁이에 선 김 대리를 밀치듯 스치고 지나갔다. 그 바람에 어깨가 뒤쪽으로 돌아간 김 대리는 본능에 따라 그대로 몸을 돌려 최를 쫓아 뛰었다. 잠시 뒤를 돌아본 김 대리가 마지막으로 목격한 것은, 출입문으로 빠져나오려던 박 부장이 성 과장에게 붙들려 목을 물어뜯기는 장면이었다.

김 대리는 복도를 따라 질주했다. 그 짧은 순간이 억겁처럼 느껴졌다. 멈춰 선 최가 비상구 앞에서 머리를 싸쥔 채 갈팡질팡했다. 남자 화장실은 이미 지나쳤고, 통합 사무실 안에는 오 과장을 비롯한 좀비들이 있었다. 소회의실은 문이 닫히지 않으니 들어가 봐야 독 안에 든 쥐 신세였다.

"대리님, 어떡해요, 어떡……."

남은 곳은 멈춰버린 엘리베이터 아니면 비상구뿐이었다. 고민은 찰나였다. 김 대리는 휴대폰과 이어폰을 앞주머니에 쑤셔 넣은 후 벌벌 떨리는 손으로 최의 뒷덜미를, 다른 손으론 비상구 문고리를 잡아챘다. 그리고 최에게 빠르게 속삭였다.

"지금부터 아무 소리도 내지 마. 한마디라도 내면 좀비들한테 밀어버릴 거야, 알겠어?"

최가 기겁하며 자신의 입을 틀어막고 고개를 끄덕였다. 흘끗 돌아본 뒤쪽에서는 좀비들이 발을 구르며 돌진해 오고 있었다. 육중한 비상문을 밀자 끼이익 소리와 함께 검은 틈이 입을 벌렸다. 김 대리는 그 사이로 최를 먼저 밀어 넣은 다음 뒤이어 뛰어

들었다. 덜컹, 문 닫히는 소리가 육중하게 울려 퍼졌다.

*

유도등 비상 전원조차 나간 비상계단 안은 온통 암흑이었다. 인사팀 사무실과는 비교도 안 될 만큼 지독한 시취가 온 사방을 메워 마치 악취로 이루어진 검은 안개에 싸인 느낌이었다. 김 대리는 방향감각을 잃었다. 자신이 어느 쪽으로 들어왔는지, 어느 쪽이 위층으로 가는 길이고 어느 쪽이 아래층으로 가는 길인지 분간이 되지 않았다. 어디서 시작됐는지 알 수 없는 소리로 비상구 안은 소란스러웠다. 좀비들의 낮은 웅얼거림과 둔탁한 발걸음 소리, 무언가가 넘어지는 소리가 중첩되고 반사되며 사방으로 퍼져나갔다.

시각이 차단되고 후각이 마비되고 청각이 교란되는 가운데, 김 대리가 시도할 수 있는 유일한 도박은 시각을 되찾는 것뿐이었다. 김 대리는 뒷주머니를 뒤져 손전등을 꺼내 들었다. 조금이라도 조도를 낮추기 위해 소매로 감싼 후 버튼을 누르자 희미한 빛이 앞으로 뻗어나가며 주변이 조금 밝아졌다. 그들은 출입문에서 나온 방향 그대로 계단참에 서 있었다. 바로 오른쪽을 돌아보면 아래층으로 내려가는 계단, 앞으로 조금 더 걸어가 오른쪽을 보면 위층으로 올라가는 계단이었다. 차례로 비춰보니 위층

계단은 비었고, 아래층 계단에는 너덧 마리의 좀비들이 모여 있었다. 옆에서 최가 숨을 삼키는 게 느껴졌다.

 더 생각할 것도 없이 김 대리는 최의 뒷덜미를 다시 붙들고 위층으로 움직이기 시작했다. 일단 움직이자 그다음부터는 본능이 발을 이끌었다. 흔들리는 몸을 따라 희미한 손전등 불빛이 어지럽게 움직였다. 온몸의 감각이 곤두서고 머릿속이 새하얗게 휘발됐다. 놈들이 없는 곳으로, 위로 가야 한다는 생각뿐이었다.

 몇 계단을 올랐는지, 몇 개의 계단참을 지났는지 알 수 없었다. 발밑에서 이따금 알 수 없는 무언가가 덜그럭덜그럭 밟히며 뜨끔한 통증이 올라왔지만 신경 쓸 겨를이 없었다. 한 발짝 느린 최까지 끌고 가느라 순식간에 체력이 바닥났다. 숨이 턱끝까지 차올랐지만 숨소리를 내지 않기 위해 입술을 말아 물고 버텼다. 그때였다. 계단참을 도는 김 대리의 시야에 반 층 위 출입문이 나타났다.

 경사 하나만 오르면 문으로 들어갈 수 있다는 생각에 김 대리는 스퍼트를 냈다. 자꾸만 처지는 최를 안간힘을 다해 끌어당기며 천근 같은 발걸음을 움직였다. 그러나 남은 계단을 절반쯤 올라왔을 때 무엇에 걸렸는지 최가 갑자기 풀썩 넘어졌고, 휘적대는 최의 손에 걸린 김 대리까지 덩달아 넘어지고 말았다. 손에서 쑥 빠져 위로 날아간 손전등이 어딘가를 구르며 요란한 소리를 냈다. 바지 앞주머니에서 빠직, 무언가가 부서지는 감각이 전해

짐과 동시에 좀비들이 내는 소란이 거세어졌다.

"……!"

계단 모서리에 부딪힌 무릎에서 극심한 통증이 올라왔다. 간신히 소리는 참아냈지만 다리에 힘이 쭉 빠졌다. 손전등은 출입문 앞 계단참을 나뒹굴며 다음 층으로 올라가는 계단을 향해 환한 빛을 쏘아 보내고 있었다. 기듯이 남은 계단을 올라 출입문 앞에서 손전등을 주우며 일어난 김 대리는 조금 전까지 빛이 비치던 곳으로 무심코 고개를 돌렸다. 두 계단 위, 손을 뻗으면 닿을 것 같은 위치에 좀비 한 마리가 서 있었다. 검은 이물질이 낀 이를 딱딱 맞부딪히면서. 흰 막이 덮인 눈이 손전등 빛을 반사해 번쩍였다. 김 대리는 우뚝 멈춰 섰다.

그 좀비는…… 유 대리였다.

도망쳐야 한다는 걸 알면서도 몸이 움직이지 않았다. 유 대리가 군데군데 뜯겨나간 손을 천천히 김 대리에게 뻗어왔다. 김 대리의 눈앞으로 올라온 손은 허공을 쥐려는 것처럼 둥글게 말려 있었다. 생전의 습관대로 새끼손가락 하나만 들린 채로.

너덜너덜한 유 대리의 입술에서 가래 낀 목소리가 흘러나왔다.

"살……려……줘…….."

김 대리의 굳은 몸을 깨운 것은, 계단참까지 기어 올라와 막 몸을 일으킨 최의 으헉, 소리였다. 그 목소리가 비상계단 안에 울려 퍼진 순간 김 대리는 퍼뜩 정신을 차렸다. 폭주하려는지 고개를 이리저리 뒤틀고 손을 휘젓는 유 대리를 피해 출입문 쪽으로 황급히 뒷걸음질 쳤다. 그러고는 몸을 돌려 문을 연 다음, 주춤대는 최를 문 안쪽으로 떠밀어 넣고 자신 역시 그 안으로 들어가 문을 당겨 닫았다. 닫히는 문틈 사이로 좀비들의 날카롭고 긴 비명, 폭주의 전조가 새어 나왔다.

19

 숨이 턱에 차게 올라왔다는 기억이 무색하게도 두 사람이 들어선 곳은 고작 한 층 위인 11층이었다. 11층의 구조는 10층과 유사했다. 10층에서는 통합 사무실이었던 공간이 사무실이 아닌 두 개의 회의실로 나누어져 있다는 점만 달랐다. 복도와 회의실 안에 좀비는 보이지 않았고, 대신 공사 자재들만 어지럽게 널브러져 있었다. 김 대리는 Z-Day 전날, 최가 리모델링 공사 때문에 회의실을 예약하지 못해 속을 썩였던 일을 떠올렸다.

 좀비들이 득실대는 비상구를 무사히 빠져나온 것도, 그렇게 들어선 11층 복도에 다른 좀비가 없는 것도 모두 천운이었다. 그러나 김 대리는 그에 대한 안도감보다는 눈이 뒤집힐 것 같은 분노에 사로잡혀 있었다. 조금 전, 복도가 안전하다는 것을 확인하자마자 꺼내 든 물건 때문이었다.

 김 대리는 바닥에 엎어져 헛구역질하는 최의 뒷덜미를 잡아 일으킨 후 질질 끌어 회의실 안으로 던지듯 밀어 넣었다. 세로로 세워져 있던 길쭉한 공사 자재들 위로 최가 엎어지며 와르르, 무너지는 소리가 났다.

"왜, 왜 이러시는 거예요!"

최의 항변에 김 대리는 아무 대꾸도 하지 않았다. 대신 손에 들린 휴대폰의 전원을 길게 눌러보았다. 액정이 박살 난 휴대폰은 전원을 거듭 눌러보아도 아무런 반응을 보이지 않았다. 김 대리는 허탈하게 몸을 늘어뜨렸다가 짧은 욕설을 버럭 내지르며 휴대폰을 집어 던졌다. 그러고는 비척비척 몸을 일으키려는 최의 어깨를 발로 밀쳐 다시 한번 넘어뜨렸다.

"대체 왜 이러는 건데요!"

끙끙대며 상체를 일으킨 최가 울먹였다. 김 대리는 눈을 부릅뜨며 그에게로 다가섰다.

"왜 이러냐고? 너 내가 왜 이러는지 진짜 몰라서 묻냐?"

김 대리는 바닥에 무릎을 대며 최의 멱살을 틀어잡았다. 무릎에서 올라오는 시큰한 통증도 그의 분노를 막을 순 없었다.

"거긴 왜 열었어. 왜 열었냐고!"

김 대리의 일갈에 최가 울컥 울음을 터뜨렸다.

"탕비, 탕비실이니까, 식량······."

"거기 뭐가 있을지 알고 그걸 확인도 안 하고 네 멋대로 열어!"

"안에서 분명 아무 소리도 안 났다구요. 그리고······ 그리고 열지 말라고 한 적도 없잖아요, 나한테! 먼저 챙기게 해주겠다고 할 땐 언제고!"

최가 훌쩍이며 외쳤다. 김 대리는 자신이 여기서 더 화가 날 수 있다는 것에 놀랐다. 이렇게 머리끝까지 열이 올라본 적은 난생처음이었다. 그러다 어느 단계를 넘어가면 오히려 머릿속이 차가워진다는 것도 이제야 알게 되었다. 전날 박 부장과 최의 다툼에 분노해 소리를 질렀지만 그건 그가 지금 느끼는 분노에 비하면 아무것도 아니었다.

"넌…… 네 머리로는 생각을 못 하는 새끼냐?"

싸늘한 물음에 최가 울음 섞인 숨을 헐떡였다. 입을 꾹 다물어 버리려는 기색에 김 대리는 손에 쥔 멱살을 다시 한번 거칠게 흔들었다.

"내가 하지 말라고 했으면 안 했을 거야?"

"다, 당연하죠! 제가…… 전 진짜 그렇게 될 줄은 몰랐다구요. 대리님이 미리 말해줬으면 절대……."

"웃기지 마, 너 네 맘대로 하는 놈이잖아. 그래놓고 허구한 날 내 핑계 대는 새끼잖아, 너!"

그동안 쌓였던 일들이 주마등처럼 김 대리의 머릿속을 스쳐지나갔다. 여태껏 그는 최의 행동을 참고 참고 또 참았다. 가르쳐준 내용을 몇 번이고 다시 물어보던 것도, 시킨 일을 엉망진창으로 망쳐놔 꼭 처음부터 다시 손을 보게 하던 것도, 사고를 쳐놓곤 김 대리가 시켰다는 핑계를 대던 것도, 그래놓고 매번 저 혼자 퇴근해 버리던 것도, 식당에서 숟가락을 놓거나 A4용지를 보충하거나 정수기 물통을 갈거나 시설팀에 연락해야 할 때마다 모른 척하고 앉아 있던 것도, 심지어 김 대리의 발표 파일을 날려놓고는 사과 한마디 하지 않더니 도리어 김 대리의 말을 녹음하려 했던 것도.

고립 후에도 마찬가지였다. 최가 허구한 날 생떼를 부리고 답답한 짓을 하고 이해할 수 없는 이상한 소리를 늘어놓아도 김 대리는 그 모든 순간 항상 인내했다. 그러나 이제는 더 이상 참을 수 없었다.

"진짜 저한테 왜 이래요. 가뜩이나 죽다 살았는데……. 내가 그러고 싶어서 그런 것도 아니고…… 나도, 나도 죽을 뻔했다구요!"

"죽다 살았어? 죽을 뻔했어? 박 부장은? 박 부장은 죽다 산 게 아니라 그냥 죽었어! 너 때문에, 네 등신 같은 식탐 때문에!"

"제가 죽인 거 아니잖아요. 좀비가 죽인 거지!"

그 말에 김 대리는 미친 사람처럼 웃음을 터뜨렸다가 이내 웃음을 뚝 그치며 숨이 느껴질 만큼 최를 가까이 끌어당겼다.

"넌 이게 다 우스워? 장난 같아? 네가 좋아죽는 그런 만화 나부랭이들 같고 그래? 넌 주인공이라 뭔 짓을 해도 안 죽을 것 같고 우린 조연이라서 널 서포트하는 게 당연해? 어떻게 그렇게 너밖에 모를 수가 있냐, 이 이기적인 새끼야!"

버럭 소리를 지르자 눈을 질끈 감고 있던 최가 갑자기 김 대리의 양쪽 어깨를 확 밀쳤다. 김 대리는 최의 멱살을 놓치며 뒤로 넘어져 엉덩방아를 찧었다. 그사이 몸을 일으킨 최가 비틀거리며 뒤로 물러나더니 으아악! 돼지 멱 따는 듯한 소리를 터뜨렸다.

"착한 척하지 마요. 지금 박 부장 때문에 이러는 거 아니잖아요."

"뭐, 뭐 이 새끼야?"

"대리님이 박 부장 싫어하는 거 모르는 사람 있어요? 그리고 저도 싫어하잖아요. 그래서 맨날 나한테만 뭐라고 하잖아!"

김 대리는 헛웃음을 치며 몸을 일으켰다.

"진짜…… 너 미친놈이냐? 그게, 네가 그게, 지금 할 말이야?"

"지금 휴대폰 망가진 거 때문에 그러는 거잖아요. 근데 그게 왜 내 탓이에요. 계속 들고 있었던 건 대리님인데! 아니, 애초에 대리님이 그 작전인지 뭔지만 하자고 안 했어도 부장님이 그렇게 되진 않았을 거 아녜요! 대리님이 먹을 거 챙기게 해주겠다고 저한테 그렇게 말만 안 했어도……."

김 대리는 최의 말이 끝맺어지기도 전에 최에게 주먹을 날렸다. 둔탁한 충격과 함께 밀려난 최가 괴성을 지르며 김 대리에게 달려들었다. 그들은 바닥에 넘어진 채 주먹을 날리고 머리카락을 쥐어뜯고 살을 꼬집으며 뒤엉켰다. 김 대리는 그의 허리춤에 달라붙은 최의 머리통을 북 두드리듯 양손으로 연신 후려갈기며 누구에게 향하는 것인지도 분명치 않은 욕설을 내질러댔다.

"그래, 이 새끼야. 다 내 잘못이다, 다 내 잘못이라고. 내가 죽일 놈이라고, 이 쓸모없는 새끼야!"

그러다 어느 순간, 최의 옷 주머니에서 무언가가 쑥 빠져나와 바닥을 나뒹굴었다. 그들은 자신들도 모르게 동작을 멈추고 숨을 헐떡이며 그것을 시선으로 따라갔다. 바닥을 데구루루 구르다 널브러진 공사 자재에 툭 걸려 멈춘 무언가는…… 우주장사 소시지였다. 최가 헉 소리를 내더니 김 대리를 뿌리치고 달려가 소시지를 집어 들었다. 그러고는 머쓱한 표정으로 김 대리를 돌아보았다.

김 대리는 말문을 잃었다. 그건 또 어느 틈에 훔쳐서 꿍쳐두었냐는 물음도 나오지 않았다. 그는 맥 빠진 웃음을 터뜨리며 그냥 자리에 드러누웠다. 눈치를 보던 최 역시 그 자리에 털썩 주저앉았다. 가쁜 숨이 어느 정도 정리되고 나서야 김 대리는 다시 입을 열었다.

"너야말로, 나한테 왜 이러냐?"

최는 또 울고 있는지 훌쩍거릴 뿐 아무 대답도 하지 않았다.

*

한바탕 소동이 끝난 후 그들 사이엔 꺼림칙한 침묵이 흘렀다. 김 대리는 구석에 앉아 무릎과 발바닥을 살폈다. 무릎에는 새파란 멍이 들어 있었다. 양말 밑바닥 쪽엔 구멍이 여러 개 나 있었다. 비상계단에서 밟았던 뭔지 모를 물건들 때문이었다. 뛰어 올라올 땐 미처 몰랐는데 되돌아 생각해 보니 Z-Day에 사람들이 도망치며 흘린 자동차 키나 휴대폰, 지갑 같은 소지품들인 것 같았다. 아마 최도 그런 것들을 밟고 넘어졌을 터였다. 지난 한 달간 신발을 신지 않고 생활하며 발에 굳은살이 박여서인지 발바닥엔 상처가 나지 않아 그나마 다행이었다.

김 대리는 자신을 등지고 앉은 최를 흘끗 돌아보았다. 늘 그렇듯 화해 같은 건 없었다. 김 대리는 최의 입에서 '죄송' 비슷한 말이라도 나오는 꼴을 본 적이 없었다. 김 대리는 죄송합니다와 감사합니다를 입에 달고 사는 인간이었지만, 세상 사람에게 다 사과해도 최에게만큼은 하고 싶지 않았다. 사과할 것도 없었다.

그러나 고립 생활의 가장 큰 단점은 그들 사이에 무슨 일이 있든 결국 다시 붙어 협력할 수밖에 없다는 점이었다. 비록 그 협력자가 마이너스 전력일지라도. 얼마 지나지 않아 김 대리는 최에게 일단 11층을 정찰해 보자고 제안했다. 최는 눈물 때문에 퉁퉁 부은 얼굴로 고개를 끄덕였다. 그들은 뭐에 쓰는지 모를, 철제 몽둥이에 가까운 건축 자재를 각각 집어 들었다. 골프채만큼은 아니었지만 장우산보다는 쓸만했다.

목표는 좀비 유무 확인과 식량 확보였다. 공사 중이었던 두 개의 회의실에는 좀비도, 식량과 식수도 없었다. 10층 소회의실에 대응하는 11층 공간에는 A4용지와 보드 마커 등 각종 사무용품만이 보관되어 있었다. 그들은 이어 남자 화장실을 살폈다. 좀비는 없었다. 다만 양변기에 사람의 배설물이 쌓여 있었다. 산 사람의 흔적이었다.

김 대리와 최는 악취에 코를 틀어막은 채 서로를 바라보았다. 혹시 생존자가 있는 걸까. 그렇다면 그들이 소리를 지르며 싸울 때 왜 나타나지 않았을까. 남은 장소는 여자 화장실과 10층 인사팀 사무실 위치에 있는 작은 사무실뿐이었다.

그들은 무기를 쥔 채 남자 화장실에서 나와 조심스럽게 모퉁이를 돌았다. 오른쪽은 여자 화장실, 왼쪽은 문 닫힌 사무실이었다. 사무실 유리벽엔 바닥에서부터 김 대리의 목 근처 높이까지 반투명한 시트지가 붙어 있어 그들의 위치에서는 내부를 들여다볼 수 없었다. 김 대리는 먼저 여자 화장실에 아무도 없음을 확인하고 최와 함께 사무실 가까이 살금살금 다가섰다. 사무실 문패에는 '구매팀'이라고 적혀 있었다. 김 대리는 최에게 조용히 하라는 시늉을 한 후 사무실 내부를 살피기 위해 시트지 위로 고개를 뺐다.

책상과 의자, 서랍 등이 넘어져 아수라장인 사무실 안엔 두 명의 사람이 있었다. 아니, 둘 다 사람이 아니었다. 하나는 좀비였다. 높이와 너비 모두 2미터쯤 돼 보이는 육중한 철제 서랍이 넘어져 있고, 좀비는 그 밑에 엎드린 자세로 깔려 옴짝달싹 못 한 채 상체만 내밀고 있었다. 얼굴엔 검붉은 피와 살점이 덕지덕지 묻었고, 두 손은 뒤틀린 채로 바닥을 긁어댔다. 풀어헤친 머리카락 아래로 흰 막이 덮인 눈과, 목에 걸린 목걸이가 번쩍거렸다. 다른 하나는 시체였다. 시신은 좀비가 손을 길게 뻗으면 닿을 법한 위치에 누워 있었다. 머리 없이 코 밑으로만 비스듬하게 남아 있는 모습이었다. 없어진 부분을 먹은 게 누구인지는 자명했다.

김 대리는 최에게 내부의 상황을 설명하고 놀라거나 소리치지 말 것을 경고한 후 사무실 문을 열었다. 문이 닫힌 상태에서도 꽤 강렬하게 풍겨오던 시취가 봉인이 풀린 것처럼 그들을 덮쳤다. 비상구 안의 악취와 견줄 만한 냄새였다. 최는 입을 틀어막은 채 화장실로 뛰어갔고 김 대리는 치솟는 구역질을 간신히 참으며 사무실 안으로 조심히 들어섰다.

김 대리는 먼저 문이 열려 있는 탕비실 안부터 살폈다. 좀비도 사람도 없었다. 문제는 먹을 것도 거의 없다는 점이었다. 탕비실 찬장 안엔 소포장 된 봉지 과자 네다섯 개와 까지 않은 생수 두 병만이 놓여 있었다. 김 대리는 그것들이 가지런히 놓였다는 점에 주목했다. 식량들을 정렬해 놓고 앞에서부터 차근차근 꺼내 먹은 모양새였다. 역시나 생존자가 있었던 것이다. 그리고 아마도 그 생존자는······.

김 대리는 탕비실을 나와 시신과 좀비 쪽으로 다가섰다. 좀비의 위험 반경 안에 들지 않게 주의하며 시신을 살폈다. 체격과 남은 얼굴과 손의 형태, 옷으로 볼 때 남자인 게 분명했다. 꽤 부패했지만 31일 전에 죽은 시체라고 생각할 만큼은 아니었다. 비교적 최근까지 살아 있었을 이 남자는 언제, 어쩌다 이렇게 되었을까. 김 대리는 다시 좀비를 살폈다. 자세히 보니 좀비의 손목에 끈이 묶여 있었다. 그 끈은 철제 서랍 어딘가와 이어져 있는 듯했다.

남자는 좀비를 서랍에 묶어둔 채 생활한 것 같았다. 묶을 수 있었다면 죽일 수도 있었을 텐데 왜 그러지 않았을까. 아마도 김 대리가 오 과장의 뇌간을 부숴 죽이는 옵션을 가장 마지막으로 미뤄놓았던 것과 같은 이유일 것이다. 죽일 수 없는 누군가였겠지. 함께 일했던 동료라거나, 동기라거나, 아니면…….

불현듯 어떤 기억이 머릿속을 스쳤다. Z-Day 날 엘리베이터에서 보았던 풍경이었다. 켁켁 소리를 내던 여자, 괜찮냐고 다정하게 묻던 남자. 유 대리의 말 역시 떠올랐다. "아무리 생각해 봐도, 구매팀 구 대리랑 거기 신입사원이랑 사귀는 것 같아. 둘이 같이 있는 걸 몇 번 봤는데 촉이 딱 오더라니까."

김 대리는 다시금 시신과 좀비를 번갈아 쳐다보았다. 남자의 왼손 약지에는 반지가 끼워져 있었다. 좀비의 목걸이에 매달린 반지와 같은 디자인이었다. 이를 딱딱거리던 좀비의 입에서 웅얼거림이 새어 나왔다. 발음은 명확하지 않았지만 뜻을 알아들을 수준은 됐다. 좀비는 도망치라고 말하고 있었다. 아마도 남자를 향한 말이었을 테지만, 남자는 끝내 도망치지 않았던 것이다.

　김 대리는 더 이상 참지 못하고 입을 틀어막은 채 사무실을 뛰쳐나갔다.

20

 창밖으로 노을이 지고 있었다. 김 대리와 최는 구매팀 사무실과 가장 멀리 있는 회의실로 돌아와 맨바닥에 마주 앉았다. 그들 앞에는 사무실에서 찾아낸 물품들이 놓였다. 봉지 과자 다섯 개와 500밀리리터 생수 두 병, 바닥을 보이는 단백질 파우더 한 통, 반쯤 먹은 종합 비타민제 한 통과 오메가3 두 통, 찌그러진 담배 한 갑과 라이터 두 개, 건전지 세 개가 전부였다. 휴대폰도 몇 개 있었지만 모두 방전된 상태라 챙기지 않았다.
 김 대리는 한숨을 내쉬었다. 그래도 10층에는 세 명이 한 달 넘게 생존할 물자가 남아 있었다. 그러나 지금 그들 앞에 놓인 것들은 이틀 치 식량도 되지 않았다. 아까 전 들었던 최의 외침이 뼈아프게 다가왔다. 그냥 10층에서 얌전히 구조를 기다렸다면 적어도 눈앞의 콩 한 쪽을 어떻게 아껴먹을지 같은 고민 따위는 하지 않아도 됐을 터였다.
 게다가 11층 전체를 샅샅이 뒤진 결과, 10층과는 달리 11층에는 완강기가 설치돼 있지 않았다. 쥐고 있던 모든 패를 한순간에 모두 잃어버린 것이다.

최가 풀 죽은 목소리로 입을 열었다.

"대리님."

김 대리는 최가 또다시 그를 탓하리라 생각했다. 그러나 최는 예상치 못했던 물음을 던졌다.

"저희…… 이제 어떻게 되나요?"

차라리 탓하는 말이 더 대답하기 쉬웠을 것이다. 김 대리는 말문을 잃었다. 어떻게 되냐고? 굶어 죽거나 말라 죽겠지. 다시 비상구로 나갔다가 좀비들에게 잡혀 죽거나. 물론 그 전에 스스로 죽는 선택지도 있겠지만…… 이제는 약도 없으니 곱게 가기는 그른 셈이었다. 김 대리는 10층 소회의실 가방에 얌전히 들어 있을 약통을 떠올리며 허탈한 웃음을 지었다.

"먹자, 일단."

김 대리는 최의 앞으로 과자 하나를 밀고 자신의 몫도 한 개 집었다. 입맛이 없었지만 조금이라도 열량을 채워야 했다. 그래야 생각이든 행동이든 해볼 수 있을 테니까.

"주, 죽는 걸까요?"

"먹으라니까."

"전 아직 죽기 싫은데……."

최가 죽기 싫다는 말을 반복하며 훌쩍였다. 언제는 갇혀 있는 게 지긋지긋하다며 차라리 죽겠다고 난리를 치더니……. 김 대리는 짜증이 났지만 뭐라고 할 기운도, 위로해 줄 말도 없었다. 더는 최에게 화도 나지 않았다. 애초에 다 자신의 잘못이었다. 박 부장이 죽은 것도, 유 대리가 죽은 것도, 이 모양 이 꼴이 된 것도.

　김 대리는 최가 눈물을 그칠 때까지 팔짱을 낀 채 가만히 기다렸다. 얼마 후 옷소매로 눈물을 닦은 최가 주머니를 뒤지더니 무언가를 테이블 위로 꺼내놓았다. 그냥 너 다 처먹어라, 하는 심정으로 다시 내놓으라는 말을 하지 않았던 우주장사 소시지였다. 김 대리는 의아함에 고개를 들었다.

　"이거…… 이거 드세요, 대리님."

　"……됐어, 너 먹어."

　김 대리의 거절을 한 치의 망설임도 없이 즉각 수용한 최가 포장을 까더니 소시지를 반으로 쪼갰다.

　"그럼 나눠 먹어요."

　최는 확연히 더 작은 조각을 김 대리에게 내밀며 퉁퉁 부은 얼굴로 웃었다.

　"어차피 죽을 거면…… 맛있는 거라도 먹고 죽어야죠. 제 인생 모토가 그거거든요."

　김 대리는 군말 없이 소시지를 받아 들었다. 기가 막히긴 해도 어찌 됐든 지금은 최의 말이 옳았다. 어차피 죽을 거라면 맛있는 거라도 먹고 죽어야 때깔 좋은 귀신이 될 게 아니겠는가. 하다못해 때깔 좋은 좀비가 되든가.

메말라 있던 입안으로 짠맛이 퍼져나갔다. 침이 돌며 윽 소리가 날 만큼 턱이 뻐근해졌다. 지금까지 먹어본 우주장사 소시지 중에선 최고의 맛이었다.

*

해가 진 후 그들은 각자 잘 위치를 잡았다. 김 대리는 제 팔을 베고 몸을 웅크려 누웠다. 10층과는 달리 벨 것도 덮을 것도 없었다. 공사 자재 밑에 깔린 방수포가 있긴 했지만 흙먼지가 잔뜩 끼어 있어 사용할 수 없었다. 사람이란 게 참 웃겼다. 그렇게나 떠나고 싶어 했던 10층에서의 삶을 아까워하고 있으니. 그는 어제 이 시간의 자신을 떠올렸다. 여러 가지 경우의 수를 생각했지만 이런 신세가 될 거라고는 예상하지 못했다.

죽을 것 같은 피곤함에도 오히려 정신은 각성돼 있었다. 가슴이 꽉 막힌 것처럼 답답했다. 잠들려고 애써봐도 박 부장의 마지막 모습이 자꾸만 눈앞에 어른거렸다. 성 과장에게 목을 물리며 넘어지던 박 부장과 잠시 눈을 마주친 것도 같았다. 박 부장은 분명 비명조차 지르지 못하고 쓰러졌는데, 듣지도 못한 박 부장의 '살려달라'는 외침이 머릿속에서 연거푸 재생됐다.

이상한 일이었다. 최의 말대로 김 대리는 박 부장을 좋아하지 않았다. 싫어하는 정도를 넘어 때론 혐오했다. 지난 5년간 그를 가장 힘들게 한 존재를 꼽으라면 박 부장이 단연 선두일 것이다. 존경은커녕 저 인간은 왜 코로나도 안 걸리는지, 왜 차 사고 한 번 안 나는지 저주한 적도 있었다. 고어물 속 희생양에 박 부장을 대입해 보며 스트레스를 풀기도 했다.

그런데 대체 왜, 셀 수도 없이 많은 박 부장과의 나쁜 기억들 대신 손으로 꼽을 수 있을 만큼 적은, 좋은 기억도 아니고 그저 나쁘지 않은 수준일 뿐인 기억들만 떠오르는 것일까. 이를테면 3년 전 치렀던 어머니의 장례식 같은.

그날, 부고를 알리고 몇 시간도 채 되지 않아 가장 먼저 장례식에 나타난 직장 동료는 박 부장이었다. 서울부터 군산까지 KTX를 타도 3시간이 넘게 걸리니, 말 그대로 부고를 받자마자 튀어온 셈이었다. 한창 박 부장에게 혼이 많이 나던 때라, 김 대리는 저 인간이 왜 왔나, 라는 생각부터 했다. 부서 전체가 바쁜 시기이니 최대한 빨리 추스르고 출근하라는 소리를 하러 온 거 아닌가 의심도 했다.

김 대리의 의심과는 다르게 박 부장은 진중하고 조심스러운 태도로 조문을 마친 후 육개장 한 그릇을 먹고 돌아갔다. 그 짧은 식사 시간 동안 마주 앉아서 무슨 얘기를 했는지는 생각나지 않았다. 다만 기차역으로 간다며 늦은 저녁, 여름 매미가 울던 어스름 속으로 터덜터덜 사라지던 박 부장의 지친 뒷모습만이

어렴풋이 기억에 남아 있을 뿐이었다.

 그 뒷모습에 또다시 박 부장의 마지막 모습이 오버랩됐다. 분수처럼 터져 나오던 피, 공포에 질려 있던 눈. 매미 소리는 사라지고 박 부장의 비명이 되돌아왔다. 살려줘, 김 대리. 살려줘. 살려줘. 그러나 김 대리는 박 부장을 살리지 못했다. 살려볼 엄두조차 내지 못했다. 유 대리 때처럼.

 살려줘, 김 대리. 살려줘…… 형.

 어느 순간 박 부장의 모습이 씻겨 나가고, 그 자리를 비상계단에서 마주쳤던 유 대리의 모습이 채웠다. 유 대리는 한동안 꾸었던 악몽에서보다 더 참혹한 몰골로 비상구 안을 돌아다니고 있었다. 생전의 모습이라곤 얼마 남지 않은 채.

 김 대리의 머릿속은 다시 3년 전 여름, 어머니의 장례식으로 되돌아갔다. 유 대리는 박 부장 다음으로 조문을 온 직장 동료였다. 그는 연차까지 내고 밤새 일을 도와주다 다음 날 늦게 서울로 올라갔다. 회사에서 만난 사이였지만 유 대리는 그저 단순한 입사 동기가 아니었다. 신입사원 시절 서로 으쌰으쌰하며 직장 생활의 쓴맛을 함께 견뎌낸 사람도, 재미가 없다는 이유로 전 여자친구에게 차이고 실의에 빠진 김 대리와 소주잔을 기울여 준 사람도, 대리로 나란히 진급한 날 같이 축하주를 마셨던 사람도 모두 유 대리였다.

 걸핏하면 사람들에게 일을 떠넘겨 받는 김 대리에게 제발 '예스맨' 좀 그만하고 '노맨'이 되라고, 남을 배려하기보단 자기 감정을 우선시하라고 다그치던 사람도 유 대리였다. 질책이 아니라 진심에서 우러나오는 걱정이었다. 그렇게 말해주던 유일한 존재는, 이제 영원히 이 건물 안을 떠돌게 되어버렸다. 무간지옥에 갇힌 것처럼, 살려달라는 말만을 중얼거리면서.

그동안 꾹 참아왔던 참담함이 터져 나왔다. 김 대리는 몸을 더욱 둥글게 웅크렸다. 추운 날씨가 아님에도 몸이 추웠다. 장례식을 떠올려서인지 어머니가 생각났다. 어린 시절, 친구에게 맞고 들어온 김 대리를 아버지가 집에 들여보내 주지 않고 몇 시간이고 밖에 세워놓을 때면, 어머니는 그런 아버지 몰래 뒷문을 열어 김 대리를 집으로 들이곤 했다. 꽁꽁 언 김 대리의 몸을 미리 덥혀둔 이불로 따뜻하게 감싸고, 목구멍을 델 정도로 뜨끈한 라면을 끓여주곤 했다. 김 대리에게 네 잘못이 아니라고, 네가 진 게 아니라고, 착한 게 이기는 거라고 말해주곤 했다.

그때 먹던 라면이 먹고 싶었다. 그때 그 집으로, 몸을 녹이던 순간으로 돌아가고 싶었다. 서른이 훌쩍 넘어 마흔을 바라보고 있는 나이에 이게 뭔 궁상인가 싶었지만……. 어머니가 보고 싶었다. 한편으론 사람들이 한순간에 서로를 물어뜯는 괴물이 돼버리는 이런 세상을 어머니가 겪지 않고 떠나서 다행이라는 생각도 들었다. 그러자 어디선가 이런 세상을 겪고 있을 아버지가, 응답하지 않았던 부재중 전화가 떠올랐다. 따가운 후회가 가슴속을 채웠다. 김 대리는 아버지에게만큼은 '노맨'이었던 것이다. 딱 한 번만 더 '예스맨'이었다면 좋았을 텐데.

김 대리는 한참이나 더 뒤척이다 겨우 잠이 들었다. 그 모든 번민 끝에 그가 잠들기 전 가장 마지막으로 떠올린 생각은……닥터 윤이었다. 지난 새벽, 그녀가 쏘아 보냈던 밝은 빛이었다.

*

김 대리는 꿈을 꾸었다. Z-Day에 비상계단으로 빨려 나가는 유 대리를 향해 손을 뻗는 장면에서 시작된 악몽이었다. 이번엔 뒤로 넘어지지도, 유 대리의 손을 놓치지도 않았다. 유 대리의 두 손을 양손으로 꽉 붙든 김 대리는 안도감을 느끼며 고개를 들었다. 그러나 그 순간 마주한 얼굴은 유 대리가 아니라 박 부장이었다. 이곳저곳을 뜯긴 채 피를 철철 흘리는 박 부장이 반쯤 날아간 턱을 움직여 말했다. "김 대리야, 이 정돈 기본이잖아."

장면이 뒤바뀌었다. 김 대리는 쫓아오는 오 과장을 피해 끝이 어딘지 모를 계단을 계속 뛰어 올라갔다. 그러다 무언가에 발이 걸려 넘어졌고, 언제 쥐고 있었는지도 모를 손전등이 허공을 날아 계단참에 내팽개쳐졌다. 얼른 달려가 손전등을 주워 들고 보니 비상계단에서 유 대리를 마주쳤던 순간으로 돌아가 있었다. 지척에 선 유 대리가 그를 향해 마디마디가 썩어 있는 손을 뻗어왔다. 그 손에 어깨를 붙들렸을 때, 유 대리의 얼굴은 다시 다른 누군가로 바뀌었다. 닥터 윤이었다.

김 대리는 으악, 소리를 지르며 잠에서 깨어났다.

벌떡 상체를 일으켜 확인한 주변은 전날 자리에 눕던 때와 똑같은 모습이었다. 공사 자재들만이 널브러져 있을 뿐 좀비는 없었다. 최는 구석에 몸을 웅크린 채 잠들어 있었다. 김 대리는 안도의 한숨을 내쉬며 어깨를 늘어뜨렸다. 등이 식은땀투성이였다. 손목시계를 보니 전날 깨어났을 때와 비슷한 시간이었다. 창밖에선 여명이 밝아오고 있었다. 그제야 최의 코 고는 소리가 귀에 들어왔다. 김 대리는 헛웃음을 쳤다. 죽네 사네 울고불고하더니, 잘 먹고 잘 자는 능력 하나만큼은 일품이었다.

김 대리는 몸을 일으켰다. 수중에 유일하게 남은 물건인 손전등을 들고 회의실을 나섰다. 꿈자리가 사나워서인지 당장 닥터 윤의 상태를 확인하고 싶었다. 11층의 남자 화장실은 10층과 똑같은 구조여서 A플라자의 옥상을 내다볼 수 있었다. 전날 잠자리에 눕기 전 확인했을 때 닥터 윤에게서 특별한 움직임은 관찰되지 않았다.

김 대리는 창가로 다가가 고개를 내밀고 A플라자 옥상 그늘막을 찾았다. 그러나 그의 눈에 들어온 것은 펼쳐진 그늘막이 아니었다. 새벽 댓바람부터 그늘막을 바쁜 손길로 걷어 내리고 있는 닥터 윤이었다. 그는 의아함에 눈을 가늘게 떴다.

'저걸 갑자기 왜?'

김 대리의 의문은 조금 후 해결됐다. 닥터 윤은 끌어 내린 그늘막을 세 갈래로 찢어 그것으로 옥상에 커다란 글자를 만들었다. 떠오르는 햇빛이 한 자 한 자를 비추었다. 김 대리는 글자를 따라 읽었다.

"에스⋯⋯ 오⋯⋯ 에스."

SOS. 닥터 윤이 하늘을 향해 구조 신호를 보내고 있었다.

5장 마지막 퇴근

21

 김 대리는 화장실 안을 서성이며 자신이 본 장면의 의미를 되짚어 보았다. 지금은 6월 중순이었다. 오후가 되면 한여름 같은 태양 빛이 내리쬐는 시기였다. 볕을 피할 데가 없으면 하루도 견디기 힘들 텐데 닥터 윤은 그늘막을 내린 것도 모자라 아예 갈래갈래 찢기까지 했다. SOS 표식을 만들기 위해. 누군가가 볼 거라는 확신이 없다면 불가능한 행위였다. 그렇다면……

 김 대리는 창문 밖으로 고개를 빼고 주변을 샅샅이 훑다가 화장실을 빠져나갔다. 이곳저곳을 돌아다니며 창을 통해 사방의 하늘을 확인했다. 가장 마지막으로 향한 곳은 구매팀 사무실이었다. 그는 시신과 좀비를 피해 사무실 안쪽 창에 코를 붙였다. 해가 다 떠올라 밝아진 하늘은 잠잠했다. 그러나 금방이라도 헬리콥터가 모습을 드러낼 것만 같았다. 구조 활동이 임박한 게 아니라면 닥터 윤이 저런 도박을 할 리 없었다.

 그는 자리에 서서 머리를 싸쥐고 생각에 잠겼다. 이제부터 어떻게 해야 할지 고심한 끝에 다다른 결론은 하나였다. 그들도 옥상으로 가서 구조를 요청해야 한다는 것. 하지만 어떻게? 고민을 거듭하며 뒤로 돌아서는 그의 시야로 시신과 좀비가 들어왔다. 그 순간, 김 대리의 정신에 반짝 불이 들어왔다.

김 대리는 새벽에 꾼 꿈을, 뒤이어 어제 비상계단에서 유 대리와 마주쳤던 순간을 떠올렸다. 두 계단 위, 손을 뻗으면 닿을락 말락 한 곳에 서 있던 유 대리. 손전등 빛에 반응해 이를 딱딱딱 부딪히던 유 대리. 김 대리가 분명 위험 반경 안에 있었음에도 쵀가 소리를 내기 전까지는 폭주하지 않았던 유 대리. 김 대리는 다시금 시신과 좀비를 향해 시선을 돌렸다. 뜯겨나간 시신의 잘린 부분을 바라보았다. 코끝으로 느껴지는 시취가 자욱했다.

왜 지금껏 잊고 있었을까. Z-Day 전날 마지막으로 보았던 좀비 드라마의 한 장면이 머릿속에 내리꽂혔다. 가설들이 수면 위로 하나둘씩 떠올랐다. 그는 곧장 확인해 보기로 했다.

잠시 후, 김 대리는 좀비의 눈을 향해 손전등을 쏘며 서 있었다. 좀비의 휘적거리는 손만 간신히 피할 수 있을 만큼 가까운 거리. 명백한 위험 반경 이내였다. 그럼에도 좀비는 폭주하지 않았다. 손전등 빛을 향해 시선을 고정한 채 고개만 까닥여 댈 뿐이었다.

*

김 대리는 잠들어 있는 최의 어깨를 흔들었다. 최가 "조금만……" 하며 꾸물거렸다. 잠시 기다리던 김 대리는 책상 위에 있는 생수병을 열고 최에게 쏟아부었다. 물세례를 받은 최가 소리를 지르며 벌떡 몸을 일으켰다.

"대리님, 이게 대체…… 물! 물을 왜, 아깝게……."

"일어나, 빨리."

"네? 엇, 대리님!"

김 대리는 대꾸하지 않고 곧바로 분주하게 몸을 움직이기 시작했다. 먼저 공사 자재 밑에 깔린 방수포를 끄집어내 차곡차곡 개어 근처에 놓인 배낭 안에 쑤셔 넣었다. 뭔가 심상치 않음을 느꼈는지 최가 겁먹은 목소리로 질문을 퍼부어 댔다.

"대리님, 지금 뭐 하는 거예요? 이 가방은 뭐고요?"

"구매팀에서 찾았어."

"갑자기 이런 건 왜 챙기는데요?"

김 대리는 가방을 둘러메고 다시 자재 더미를 뒤졌다. 공구용 커터칼을 찾아 손에 들고 일어나자 뒤에 서 있던 최가 무슨 생각을 했는지 힉, 소리를 냈다. 김 대리는 뒷걸음질 친 최를 지나쳐 구매팀 사무실로 향했다. 최가 그의 뒤로 따라붙었다.

"대리님…… 대리님! 잠깐만요, 대체……."

"이리 와봐."

김 대리는 방향을 틀어 최를 남자 화장실로 데려가 창밖을 내다 보게 했다. 직접 보여주는 게 빠를 것 같아서였다. 이내 그는 자신이 최를 과대평가했음을 깨달았다. 닥터 윤이 만들어놓은 SOS를 보고도 최는 여전히 뭐가 뭔지 모르겠다는 표정이었다.

"저, 저게 뭐요?"

"뭐긴 뭐야, SOS잖아. 구조 신호."

"그건 아는데…… 그래서요?"

김 대리는 숨을 골랐다. 화를 낸다고 해서 갑자기 최의 머리가 좋아질 리도 없으니 친절히 설명해 주는 것이 최선이었다. 곧 구조가 있을 거라는 말에 최는 입을 틀어막은 채 감격의 눈물을 글썽거렸다. 그러나 김 대리가 비상구를 통해 옥상까지 걸어 올라간 다음 방수포로 SOS 표시를 하자고 말했을 땐 사색이 되어 결사반대를 외치기 시작했다.

"진짜 구조하러 오는 거면 오히려 여기서 기다려야 되는 거 아니에요?"

"방금 뭐 들었어? 헬리콥터로 올 거 같다니까. 하늘로 온다고."

"그, 그러니까요. 헬리콥터 타고 내려서, 군인들이 여기 아래층으로 구하러 올 수도 있는 거잖아요!"

"여기에 우리가 있는지 어떻게 알고 구하러 와?"

"저희 글도 많이 올렸었잖아요. SNS랑 정부 홈페이지에 구조해 달라고……."

그걸 믿으며 기다린 시간이 한 달이었다. 되돌아보면 터무니없는 믿음이었다. 인터넷이 먹통이 되기 전까지는 그런 글들이 하루에 수백 개씩 올라왔었다. 그 수많은 글 중 그들의 것이 눈에 띌 리 없는데, 어떤 민원이든 응답하는 나라에서 살다보니 현실 감각이 떨어졌던 게 분명했다. 더는 거기에 매달려 앉아만 있을 수 없었다. 그럴 식량도 식수도 남아 있지 않았다.

이번 기회를 놓치면 끝이란 건 막연한 예감이 아니라 명백한 현실이었다.

"그래서 넌 여기 있겠다는 거야?"

"그게 아니라…… 아니, 근데 진짜로 옥상엘 어떻게 가요? 건물 밖으로 기어 올라가기라도 해요?"

"비상구로 간다고 말했잖아."

"어제 봤잖아요. 좀비가 저렇게 많은데…….."

김 대리는 자신의 팔을 붙든 최를 뿌리쳤다.

"그래, 넌 여기 남아 있어. 난 갈 거니까."

"대, 대리님!"

"빨리 결정해, 갈 거야? 남을 거야? 더는 네 핑계 돼줄 생각 없으니까 네가 결정해."

김 대리는 대뜸 5초를 셌다. "5, 4, 3, 2……" 1을 읊으려는 순간 최가 울먹이며 외쳤다. "알았어요, 알았, 간다고요!" 김 대리는 고개를 끄덕이고 돌아섰다. 최가 다시 따라붙었다.

"근데 이게 가능한 거긴 해요? 상식적으로 우리가 거길 어떻게 뚫고 가요……."

"가능하게 만들어야지."

"어떻게요?"

김 대리는 모퉁이를 돌다 말고 멈춰 섰다.

"너, 어제 그……"

김 대리는 잠시 입을 다물었다. 아직 유 대리를 '좀비'라고 부를 준비가 되지 않았다. 오 과장 때만 해도 며칠이 걸렸다. 하지만 한가하게 제 마음을 달래고 있을 시간이 없었다.

"그 좀비 기억나? 비상계단에서, 내 앞에 서 있던."

최가 고개를 갸웃하더니 이내 끄덕였다. 김 대리는 찰떡같이 말해도 늘 개떡같이 알아듣는 최에게 자신이 알아낸 것을 어떻게 전달할지 고민하다 다시 입을 열었다.

"폭주하지 않았어, 내가 코앞에 서 있었는데도. 네가 소리를 내기 전까진."

"그래……서요?"

"너, 좀비들이 우릴 어떻게 사람으로 인식하는 거 같아?"

"뭐, 목소리나 냄새나…… 가까이 가면 눈으로 보기도 하고……."

"근데 어제 그 좀비는 왜 폭주하지 않았지? 분명히 날 보고 있었는데도?"

"어…… 그러네? 어두워서 그랬나?"

"손전등으로 비추고 있었는데?"

최의 표정은 더욱 멍청해졌다. 애초에 최가 답을 끌어낼 수 있으리라 기대하지 않았던 김 대리는 차근차근 설명을 계속했다.

"걔넨 우릴 눈으로 보고 인식하는 게 아냐. 정확히는…… 눈으로 볼 수는 있지만, 그것만으로는 사람인지 사물인지 같은 좀비인지 알 수 없다는 거야. 무슨 말인지 알아들어?"

둔감하기는 해도 좀비는 분명 인간과 같은 오감을 가지고 있었다. 가까운 장애물을 피하려고 움직일 만큼 시각 역시 살아 있었다. 그러나 감각을 느끼는 것과 그 정보를 처리하는 것은 엄연히 다른 문제였다. 인간은 늘 인간을 기준으로 무언가를 판단한다. 그렇기 때문에 좀비들 역시 어떤 존재를 인식할 때 시각 정보를 활용할 것이라는 착각을 해온 것이다.

"너를 코앞에서 봐도, 너한테서 사람 냄새랑 목소리만 안 나면 걔네는 네가 사람인지 모른단 얘기야. 공격하지 않을 거라고, 어제 그 좀비처럼."

거듭 설명한 후에야 최는 겨우 이해한 듯 고개를 끄덕였다. 김 대리는 눈을 가늘게 떴다.

"다 알아들었어?"

"네. 그런 것 같은데요……?"

"근데도 질문 없어?"

최는 코를 긁적이며 눈동자만 데구루루 굴렸다.

"이상하지 않아? 어제 그 좀비가 내 냄새에도 반응하지 않은 게?"

"어, 그러네요? 왜 그랬지?"

김 대리는 최를 사무실 문 앞으로 데려가 유리벽의 반투명한 시트지 너머로 내부를 들여다보게 했다. 김 대리가 시신을 가리키며 속삭였다.

"보여? 좀비가 먹다 말았지. 왜 먹다 말았을까?"

"모르겠어요. 저거 보니까 속 안 좋아요, 대리님."

"죽은 사람은 더 이상 먹지 않는 거야. 숨이 끊길 때까지 먹다 죽고 나면 손을 떼는 거지."

"네? 으으, 저 좀 놔주세요. 토하러 갈래요."

"죽은 사람에겐 폭주하지 않아. 시체 냄새에는 반응 안 한다고."

김 대리는 토하기 직전인 최를 붙들고 남은 설명을 이어갔다. 비상계단과 구매팀 사무실의 공통점은 하나였다. 썩어가는 시체와 좀비들이 뿜어내는 시취가 고립된 공간 안에 가득 차 있다는 것. 그 지독한 시취가 그들의 '살아 있는 사람' 냄새를 가려준 것이다. 비상계단의 유 대리와 구매팀 좀비가 위험 반경 내로 들어온 김 대리에게 폭주하지 않은 이유가 거기에 있었다. 열린 복도를 돌아다니던 오 과장과는 경우가 달랐다. 이 사실을 조금 더 빨리 알았다면 인사팀 사무실을 손쉽게 털 수 있었을 테지만…… 후회하기엔 이미 늦은 일이었다.

마지막 남은 인내심을 긁어모아 몇 번이나 설명을 거듭한 후에야 최는 비로소 아하, 하는 표정을 지었다.

"그러니까 딱 하나, 목소리만 내지 않으면 옥상으로 올라갈 수 있다는 거야. 준비가 조금 더 필요하겠지만."

"어떤 준비요?"

"지금 내가 말한 얘기들은 좀비가 폭주하지 않았을 때의 가설이야. 폭주하면 감각이 예민해지니까 이 방법이 통할지 알 수 없어. 그리고 옥상에 좀비들이 있을 경우도 대비해야지. 옥상은 고립된 공간이 아니라 우리 냄새가 가려지지 않을 테니까."

"헉…… 그럼 어떻게 해요?"

김 대리는 들고 있던 커터칼의 칼날을 내보였다.

"위장을 좀 해야지. 시체 냄새가 나게."

기겁한 채 입구에서 발을 동동거리는 최를 두고 김 대리는 구매팀 사무실 안으로 들어섰다. 그리고 얼마 후, 시신 옆에 쪼그려 앉아 커터칼을 들어 올렸다.

*

"대리님, 토할 것 같아요……."

"토하려면 지금 다 토해."

김 대리의 말에 최가 다시금 화장실로 뛰어갔다. 벌써 다섯 번째였다. 우웩, 소리가 울려 퍼졌다. 그 소리를 듣고 있자니 간신히 참고 있던 김 대리의 속도 같이 뒤집혔다. 그는 결국 최와 나란히 서서 속을 게워냈다. 신물이 나온 후에도 한참이나 더. 그만큼 시신이 입고 있던 옷의 냄새는 쉽게 적응할 수 있는 게 아니었다.

 김 대리는 커터칼로 남자가 입고 있던 옷을 조각조각 잘라내 몸 이곳저곳에 문지르고 걸치고 둘러맸다. 역겨움에 기절할 것 같았지만 이 이상의 방법은 생각할 수 없었다. 사실 남자의 시신 자체를 이용할 생각도 해보았지만 차마 거기까지는 실행에 옮길 수 없었다. 시신을 묻어주기는커녕 거의 알몸으로 만든 것만으로도 이미 끔찍한 죄악을 저지른 기분이었다. 옷을 잘라내기 전 김 대리는 잠시 눈을 감았다. 남자에게는 사과를, 이름을 알고 있는 모든 신에게는 기도를 했다. 제발 이 방법이 통하게 해달라고.

 두세 번 더 속을 게워낸 뒤 그들은 비상구 앞에 섰다. 어제와는 달리 자의였지만 그렇다고 해서 도살장에 끌려가는 듯한 기분이 사라지지는 않았다. 김 대리는 이 마지막 시도에 실패한다면 죽게 될 것임을 확신했다. 가볍고 빠르게 움직이기 위해 무기도 챙기지 않은 그의 손엔 천으로 감싸 조도를 최대한 낮춘 손전등이 들려 있었다.

얼굴이 핼쑥해진 최가 목을 가다듬으며 물었다.

"근데 손전등은 굳이 왜 감싸요? 어차피 쟤들은 봐도 저희가 사람인지 모른다면서요."

"자극에 반응하긴 하니까. 굳이 따라오게 할 필요는 없지."

김 대리는 여전히 시큰시큰한 무릎의 통증을 무시하며 다리에 힘을 주었다. 양말만 신은 양 발에는 시신이 신고 있던 양말로 만든 천 조각이 동여매져 있었다. 어제처럼 비상구 안에서 뭔가를 밟아 다치거나 미끄러지는 걸 막으려는 방편이었다.

"발밑 조심하고, 내 뒤만 그대로 따라와."

"이게…… 정말 통할까요?"

김 대리는 대답하지 않았다. 대신 사무실에서 찾은 투명 테이프를 한 뼘 크기로 잘라 최의 입에 착 붙였다.

"절대 아무 소리도 내지 마. 소리 내면 던지고 나 혼자 가버릴 거야."

입이 막힌 최가 겁먹은 눈빛으로 고개를 끄덕였다. 최의 얼굴은 긴장으로 백지장이 돼 있었다. 숨도 불안정했다. 아마 김 대리의 모습 역시 다르지 않을 터였다. 김 대리는 앞으로 둘러멘 가방을 한 번 툭툭 치고 긴장한 숨을 몰아쉰 후 비상구 문의 손잡이를 잡았다. 뒤에서 최가 김 대리의 다른 쪽 팔꿈치 부분 옷깃을 붙들었다.

끼이익, 다시 한번 비상구의 문이 열렸다.

22

 좀비들의 폭주는 멈췄지만 끔찍한 악취는 여전했다. 소리가 나지 않도록 조심히 문을 닫고 돌아섰음에도 김 대리는 손전등을 켜자마자 좀비 한 마리와 눈을 마주쳤다. 다행히 유 대리는 아니었다. 좀비는 문이 열리는 소리 때문인지, 미세하게 밝아진 주변 때문인지 고개를 이리저리 뒤틀며 그들을 향해 천천히 다가왔다.

 김 대리는 입을 꾹 다물고 최대한 숨을 작게 쉬려 애썼다. 좀비가 김 대리의 옆을 스치며 코를 킁킁거렸다. 바로 코앞에서 흰 막이 덮인 눈이 깜빡였다. 심장이 튀어나올 것처럼 뛰었다. 이윽고 좀비는 그들을 지나쳤고, 고장 난 인형처럼 제자리를 뱅뱅 돌다가 아래층으로 가는 계단을 밟더니 혼자 거꾸러져 버렸다.

 우당탕—

 좀비가 계단을 굴러 계단참으로 엎어졌다. 그와 동시에 사방에서 기묘한 소음이 거센 물결처럼 울렁이며 퍼져나갔다. 큰 소음에 반응한 좀비들이 저마다 무언가를 중얼거리는 듯했다. 이어 여기저기서 움직이고 발을 구르고 떨어지고 부딪히는 소리 같은 것들이 났다. 소리가 반응을 부르고, 그 반응이 또다시 소리를 부르는 모양새였다. 비상구 안 좀비들은 처음 소리가 난 곳을 향해 무작정 돌진하는 게 아니라, 파생되는 수많은 소음 사이에서 무작위적인 흐름을 타고 있었다. 김 대리는 그 흐름을 조금도 예상할 수 없었다. 그가 알 수 있는 건 계획대로 좀비가 그들의 냄새를 맡지 못한다는 것과, 서둘러 움직여야 한다는 것뿐이었다.

빌딩의 최고층은 15층이었다. 현재 위치가 11층이니 옥상까지는 네 층하고도 한 층을 더 올라가야 했다. 계단을 여덟 개씩 경사를 네 번 오르면 한 층이었다. 처음 두 층은 어렵지 않았다. 처음 일었던 소란이 소강상태에 접어들자 좀비들은 생각보다 얌전한 움직임을 보였다. 그들이 두 층을 오르는 동안 마주친 장애물이라고는 벽을 보고 서서 제자리걸음을 하거나 계단참을 빙빙 돌거나 계단에서 굴러떨어져 벽에 머리를 박고 있는 좀비 몇 마리 정도였다. 김 대리는 Z-Day에 사람들이 주로 도망친 저층에 좀비들이 몰려 있는 게 아닌가 했다. 그러나 13층과 14층 사이에 있는 중간 계단참까지 왔을 때, 무엇이든 속단해선 안 된다는 교훈을 얻었다.

'미친…….'

김 대리는 속으로 중얼거렸다. 14층으로 올라가는 마지막 계단참에 일고여덟 마리쯤 돼 보이는 좀비들이 한데 몰려 서성이고 있었다. 주로 벽 쪽을 보며 서 있던 그것들은 김 대리가 손전등 빛을 비추자 뭔가를 느꼈는지 서로 어깨를 맞댄 채 빙글빙글 제자리걸음을 했다. 김 대리는 뒤따라오던 최를 돌아보았다. 겁에 질린 최의 얼굴엔 벌써 땀이 배어 있었다. 그 때문인지 입가에 붙은 테이프의 모서리가 조금 떼어졌지만 염려할 정도는 아니었다.

김 대리는 '손전등을 끄고 저 사이를 뚫고 지나갈 것'이라는 시늉을 한 다음 최의 팔을 잡았다. 최는 반대하고 싶은 것 같았지만 이내 단념했는지 고개를 끄덕였다. 김 대리가 손전등을 끄자 사방이 어둠으로 물들었다. 김 대리는 그들이 서 있었던 위치와 계단의 방향을 가늠해 조심스레 움직이기 시작했다. 움켜잡은 최의 팔은 경련이 인 것처럼 떨리고 있었다.

하나, 둘, 셋, 넷, 다섯, 여섯……. 거기까지 계단을 밟았을 때, 좀비들의 존재감이 더 강해진 악취와 함께 엄습했다. 낮은 울음소리, 이가 딱딱 부딪히는 소리도 가까워졌다. 이제부터 좀비들이 밀집한 구역을 뚫고 지나가야 했다. 아까 전 처음 마주친 좀비로부터 얻었던 확신이 갑자기 희미해졌다. 이렇게 가까운 거리에서 저 많은 놈들을 속일 수 있을지 자신이 없어졌다. 어느 한 놈이라도 그들의 냄새를 맡게 된다면…….

지금이라도 되돌아가 13층에서 다음을 도모해 볼까도 싶었지만 닥터 윤의 SOS를 떠올리고 마음을 다잡았다. 난간에 바짝 붙은 채 숨을 참은 김 대리는 좀비들이 자신의 왼쪽 어깨를 스치고 지나가는 감각을 느끼며 발걸음을 옮겼다. 좀비들은 시체처럼 차갑지도, 사람처럼 따뜻하지도 않았다. 미지근한 온도에 오히려 소름이 돋았다. 그는 자신의 심장 소리가, 귀에서 울리는 맥박 소리가 그것들에게 들릴까 봐 두려워졌다.

"……!"

붙들고 있던 최의 팔이 움찔거리더니 무언가가 김 대리의 팔뚝을 붙들었다. 소스라친 김 대리는 거의 기절할 뻔했지만 곧 그것이 최의 손이라는 걸 깨닫고 안도했다. 그들은 기차의 체결 고리처럼 서로의 팔뚝에 의지한 채 한 걸음 한 걸음을 신중하게 내디뎠다.

마침내 계단참을 지나 하나, 둘, 세 번째 계단을 오르자 좀비들을 모두 지나왔다는 걸 느낄 수 있었다. 손전등을 다시 켤 준비를 하며 네 번째 계단을 내딛는 김 대리의 발아래로 딱딱한 물체가 밟혔다. 뜨끔한 통증이 전해졌다. 다행히 소리는 참아냈지만, 뭔지 모를 그 물건이 발에 튕겨 날아가더니 반 층 밑 어딘가로 떨어지며 요란한 소음을 냈다. 또다시 비상구 안에 소음의 파동이, 흐름이 일어났다.

동시에 최와 연결된 손이 팽팽하게 당겨졌다. 김 대리는 최를 잡은 손에 힘을 주고 다른 손으로 손전등을 켰다. 좀비들이 밀집한 지역에서 완전히 벗어난 자신과는 달리 최는 아직 그 끝자락에 어깨가 낀 상태였다. 떨어진 물건이 낸 소음을 따라 계단참에 있던 좀비들이 아래층으로 움직였고, 그 흐름에 최도 휩쓸리고 있었다. 급한 대로 손전등을 입에 문 김 대리는 두 손으로 최의 팔을 잡아당겼다. 한바탕 씨름한 끝에 좀비들 틈에서 겨우 최를 빼낼 수 있었다.

최의 얼굴은 눈물과 땀으로 흠뻑 젖어 있었다. 어깨를 들썩이며 숨을 가쁘게 들이쉬었다 내쉴 때마다 최의 입가에 붙은 테이프에 김이 서리다 사라지길 반복했다. 김 대리는 일단 최가 진정할 때까지 기다렸다가 최의 숨이 조금 느려지자 괜찮냐는 뜻으로 눈썹을 들썩여 보였다. 더 이상 못하겠다며 징징대면 어쩌나 했는데, 최는 눈물과 콧물을 닦으며 웬일로 의연히 고개를 끄덕였다. 김 대리는 다시 한번 소리 내지 말라는 시늉을 한 후 최를 끌고 계단을 오르기 시작했다. 아래에선 좀비들이 미끄러지고 넘어지는 소리가 울려 퍼졌다.

15층까지 가는 길엔 아홉 마리의 좀비가 있었다. 밀집해 있지는 않았지만 조금 전의 소란으로 인해 무작위로 움직이는 중이라 피하기 쉽지 않았다. 김 대리는 아래층으로 구르듯 우당탕 내려오는 좀비에게 치일 뻔했고, 최는 계단을 기어 올라가는 좀비를 피해 발을 내딛다 좀비의 손을 밟을 뻔했다. 그러나 그 어떤 상황도 15층 문 앞 계단참의 상황보다 난감하진 않았다. 김 대리는 눈을 의심했다.

'이게…… 이건 또 뭐야?'

층을 오르며 계속 관찰한 바에 따르면, 좀비들은 꼭두각시 인형 같은 관절의 움직임 때문에 계단을 제대로 오르내리지 못했다. 층을 오를 땐 툭하면 계단에 걸려 엎어지고, 내려갈 때면 발을 헛디뎌 계단을 구르거나 발이 꺾여 뒤로 주저앉아 버리는 식이었다. 15층 문 앞 계단참에서 그다음 계단참을 잇는 경사 위에는 그렇게 계단을 오르내리다 넘어진 좀비들이 얽히고설켜 더미가 되어 있었다. 넘어진 좀비 위에 또 다른 좀비가 넘어져 쌓이는 식으로 만들어진, 어릴 적 하던 '햄버거 놀이'와 비슷한 모양새의 더미였다. 한데 엉킨 좀비들은 그르렁거리는 신음을 내며 몸을 일으키려 버둥대고 있었다.

밟고 넘어가거나 비껴갈 수 있는 상태가 아니었다. 통로를 메운 '좀비 버거'를 통과할 방법은 하나뿐이었다. 김 대리는 앞으로 멨던 가방을 뒤로 멘 다음 가방끈을 꽉 조이고 손전등을 입에 물었다. 최가 어떻게 할 생각이냐는 듯 김 대리의 팔을 황급히 잡아당겼다. 김 대리는 난간을 눈짓하며 두 손으로 외줄 오르기를 하는 시늉을 해보였다. 최가 경악한 얼굴로 도리질을 치자 반쯤 떨어진 입가의 테이프가 덜렁덜렁 흔들렸다.

김 대리는 최에게 입가의 테이프를 다시 붙이라고 단호하게 손짓 한 후 돌아섰다. 선택의 여지가 없었다. 고작 경사 네 개만 더 오르면 옥상인데 이대로 포기하는 건 말이 안 됐다. 그는 난간 위로 조심히 올라 엎드린 자세로 매달렸다. 이미 온몸이 땀으로 젖고 숨이 턱끝까지 차올랐지만, 김 대리의 몸은 그 자신도 몰랐던 초인적인 집중력과 에너지를 뿜어내고 있었다. 그는 난간을 두 손과 두 발로 꼬아 잡고 외줄 오르기를 하듯 기어 올라가기 시작했다.

좀비들을 자극하지 않도록 빛이 오른쪽으로 가게 손전등을 물고 있어 좀비 더미가 있는 왼쪽은 어두컴컴했다. 왼쪽 얼굴로 좀비들의 느릿한 숨과 주문을 외는 듯한 기괴한 중얼거림이 와닿았다. 오른쪽은 허공이었다. 오르내리는 계단 간의 폭이 좁아 오른쪽으로 미끄러진다 해도 밑바닥까지 곤두박질치지는 않을 테지만, 계단 위로 떨어졌다간 소음이 나는 것은 물론이거니와 크게 다칠 가능성이 있었다.

고작 계단 여덟 개에 해당하는 경사 하나를 오르는 것만으로도 두 손과 난간을 조인 팔뚝, 허벅지, 종아리 근육이 불타는 느낌이었다. 양말과 천으로 감싸둔 발이 자꾸만 철제 난간에서 미끄러지는 바람에 몇 번이나 떨어질 뻔한 위기도 겪었다. 그럼에도 그는 결국 경사 하나를 다 올랐고, 뭔가를 밟지 않도록 조심하며 난간에서 내려왔다. 손전등으로 비춰본 다음 계단참은 비어 있었다. 계단참을 두 개만 더 지나면 옥상 문이었다. 김 대리가 손전등을 비추며 얼른 넘어오라는 손짓을 하자 최가 울상을 지은 채 도리질을 쳤다.

 김 대리는 검지손가락으로 최를 찍은 다음 허공에 엑스 자를 그려 보인 후, 엄지손가락으로 자신을 가리키고 위층으로 올라가는 시늉을 해보였다. 안 오면 두고 간다는 보디랭귀지였다.

 최는 초조한 기색으로 서성이다가 이윽고 결심했는지 난간으로 붙어 섰다. 김 대리는 다시 한번 보디랭귀지를 날렸다. 양말을 벗으라는 시늉이었다. 최가 왜냐는 듯 어깨를 으쓱했다. 김 대리는 자신의 발을 들어 양말을 가리킨 후 미끄러지는 동작을 취했다. 최가 입 모양으로 아, 하더니 오케이 사인을 보내곤 발을 감싼 천을 풀고 양말을 벗어 주머니에 쑤셔 넣었다. 김 대리는 문득, 그동안 최가 다분히 의도적으로 자신의 보디랭귀지를 못 알아듣는 척 해왔다는 걸 깨달았다.

 얼마 후, 맨발인 덕인지 최는 예상보다 수월하게 경사를 올라왔다. 김 대리는 난간에서 내려오려는 최를 뒤로 하고 먼저 몇 계단을 올라가 고개를 쭉 빼고 마지막 계단참의 상황을 살폈다.

 그때였다.

 "읍, 으악!"

 최가 갑자기 짧은 비명을 내질렀다. 거의 동시에 쿵, 넘어지는 소리가 울려 퍼졌다. 김 대리의 가슴이 덜컥 내려앉았다.

 비상구 안이 소란해지기 시작했다. 지금까지와는 다른 파동이었다. 어제 비상구 틈 사이로 들었던 날카롭고 긴 비명이 좀비 더미 사이에서, 더 밑층에서 퍼져나가고 있었다. 폭주의 전조였다. 김 대리는 몸을 돌려 최에게 뛰어 내려갔다. 습기 때문에 거의 다 떨어진 입가의 테이프 조각이 헐떡이는 최의 숨을 따라 펄럭이고 있었다.

바닥에 넘어져 끙끙대는 최의 몸 이곳저곳을 비춰본 김 대리는 최의 발바닥에서 피가 흐르는 것을 알아차렸다. 바닥을 딛다가 뭔가를 잘못 밟은 모양이었다. 주변을 비춰보니 아까는 미처 보지 못했던 플라스틱 차 키 조각 몇 개가 널려 있었다.

김 대리는 최의 팔을 자신의 어깨에 걸쳐 최를 일으켰다. 발바닥의 상처 때문인지, 넘어지다 어디를 다쳤는지 최가 다리를 절뚝거렸다. 좀비 더미가 거세게 들썩였다. 더미 속 좀비들이 어깨와 목과 다리를 뒤틀며 더미 밖으로 빠져나온 팔을 휘젓고 있었다. 몸을 일으키려는 발버둥이었다. 김 대리는 최를 짊어지다시피 한 채 계단을 오르기 시작했다. 최가 발을 디딜 때마다 핏자국이 바닥에 점점이 묻어났다. 마치 헨젤과 그레텔이 빵 조각을 떨어뜨리는 것처럼.

온 공간이 좀비의 비명과 아우성으로 가득 찼다. 아래층에 있던 좀비들이 흥분한 채 몰려왔다. 좀비 더미가 그 좀비들을 막아주는 형세였지만 언제 뚫릴지 알 수 없었다. 더미 맨 위의 좀비는 몸을 거의 다 일으킨 상태였다.

"정신 차려, 다리에 힘주라고, 놓고 가기 전에!"

김 대리는 자꾸만 늘어지는 최에게 속삭였다. 최가 그 말에 끄으응, 신음을 내며 몸을 세웠다. 그들은 온 힘을 다해 한 발짝 한 발짝을 옮겼다.

 어느덧 세 번째 경사를 지나 마침내 옥상 문이 보였다. 김 대리는 좀비들의 소란이 가까워진 것을 느꼈다. 더미가 뚫린 모양이었다. 난간 너머로 아래층의 상태를 확인한 김 대리의 등 뒤로 소름이 돋았다. 괴성을 내지르는 좀비들이 넘어지고 엉키면서도 어느새 두 번째 경사를 꾸역꾸역 기어 올라오고 있었다.

 김 대리는 옥상 문을 올려다보았다. 바로 코앞이나 다름없었다. 부축한 최의 몸은 자꾸만 늘어졌다. 좀비들이 몰려오는 소리가 천둥소리처럼 느껴졌다. 불현듯 이런 생각이 들었다. 지금 최를 두고 뛰면 옥상 문 안으로 안정적으로 들어갈 수 있다는.

 어렵지 않은 일이었다. 실수인 척 최의 몸을 놓아버리고 그대로 뛰어 올라가기만 하면……. 닥터 윤이 만들고 있던 SOS 표시가 다시금 머릿속을 스쳐 갔다. 옥상으로 헬리콥터가 내려앉는 장면이, 구조되어 닥터 윤과 만나는 장면이 그 뒤를 이었다. 최를 두고 가면 최가 시간을 더 벌어줄 수도 있겠다는 생각도 들었다. 박 부장이 그랬던 것처럼. 김 대리는 박 부장이 쓰러지던 순간, 그 찰나에 자신이 그런 생각을 했다는 걸 처음으로 깨달았다.

 어디선가 유 대리의 목소리가 들려오는 듯했다. 잘해줘 봐야 소용없어, 형. 호구만 잡힌다니까. 남 말고 형부터 생각해.

남 말고.

형부터 생각해.

호구만 잡힌다니까.

소용없어, 형.

형.

살려줘, 형.

살려줘, 김 대리.

어느 순간 목소리는 나직한 충고에서 간절한 외침으로 변해갔다. 머릿속 영상도 뒤바뀌었다. 허공을 쥐던 유 대리의 손과 쓰러지며 마주쳤던 박 부장의 눈, 그리고 응답하지 않았던 부재중 전화로.

"대리님, 어떡해요……!"

최의 울음에 찬 목소리가 김 대리의 정신을 일깨웠다. 김 대리는 반쯤 주저앉은 최를 끌어 올려 최의 팔을 자신의 목에 다시 한번 단단히 감고 몸을 움직이기 시작했다. '한 발짝만 더, 딱 한 번만 더.' 속으로 중얼거리면서.

그렇게 네 번째 경사의 첫 번째 계단에 겨우 발을 올렸을 때였다. 갑자기 최가 크게 휘청이는 바람에 그들은 함께 앞으로 엎어지고 말았다. 전날 부딪혔던 무릎에 강한 충격이 전해졌다. 김 대리는 이번에는 참지 못하고 윽, 신음을 내질렀다. 무릎에 힘이 들어가질 않았다. 먼저 몸을 일으킨 최가 반쯤 기는 자세로 다시

계단을 오르다 말고 김 대리를 돌아보며 울먹였다.

"대리님, 일어나야 돼요!"

난간을 붙든 김 대리는 무릎과 손에 간신히 힘을 주어 몸을 일으켰다. 손에 들린 손전등이 난간 너머를 비췄다. 좀비들이 세 번째 경사를 오르고 있었다. 최도 그걸 보았는지 헉, 소리를 냈다. 김 대리는 걸리적거리는 손전등을 입에 물고 다시 난간을 붙든 채 사력을 다해 다리를 움직이기 시작했다. 최 역시 기는 자세로 계속 계단을 올랐다. 오히려 이제는 최의 움직임이 더 빨랐다. 돌아보니 기어오르는 좀비들의 손이 어느새 김 대리가 디딘 계단의 바로 밑 칸을 더듬고 있었다.

김 대리가 네 번째 계단을 밟았을 때, 무언가가 그의 발목을 덥석 붙들었다. 좀비의 손이었다. 다시 앞으로 넘어지며 김 대리는 두 계단을 앞서 가고 있던 최의 바짓자락을 저도 모르게 잡아챘다. 최가 항상 펄럭거리며 돌아다니던 와이드팬츠의 바짓자락이었다.

최가 기겁을 하며 뒤를 돌아보았다. 김 대리는 바짓자락을 잡지 않은 손을 뻗었다. 자신을 끌어 올려달라는 의미였다. 그러나 돌아온 것은 최의 손이 아니었다.

"대리님, 죄송…… 죄송해요!"

지금껏 단 한 번도 들어본 적 없는 최의 사과였다. 그리고 바짓자락을 잡은 손을 뿌리치는 야멸찬 발길질이었다.

김 대리는 순간 멍해졌다. 입에 문 손전등이 최의 뒷모습을 연극 하이라이트 조명처럼 비췄다. 최는 남은 계단을 기어 올라가 옥상 문을 밀었다. 눈부신 빛과 매캐한 바람이 쏟아져 들어왔다. 좀비들이 일순간 행동을 멈춘 채 키야악 소리를 내질렀다. 김 대리는 눈을 질끈 감았다가 실눈을 떴다. 눈부심이 가라앉았을 때 그의 시야를 채운 것은⋯⋯ 사각형의 문틀 안에 갇힌 하늘이었다. 파랗게 빛나는 초여름의 하늘.

끼이익 늘어지는 소리와 함께 옥상 문이 닫히기 시작했다. 문 뒤에서 최가 뭔가를 외치는 것 같았지만 좀비들의 비명 때문에 들리지 않았다. 문이 닫히고는 곧바로 철커덕 소리가 났다. 문을 걸어 잠그는 소리였다. 손전등 빛이 닫혀버린 옥상 문의 'EXIT' 표시를 비추었다.

김 대리는 이를 악물고 발을 흔들어 자신의 발목을 잡은 좀비를 떨쳐낸 후 몰려드는 좀비들을 피해 난간 위로 올라탔다. 혀끝에 힘을 주어 손전등 버튼을 누르자 사방이 어두워졌다. 김 대리는 칠흑 같은 어둠 속에서 아까와 같은 외줄 오르기 자세로 난간에 매달렸다. 옥상 문을 향해 올라가는 좀비들이 그의 몸을 툭툭 건드리며 스치는 게 느껴졌다.

그는 온 힘을 다해 버텼다. 좀비들의 헐떡임과 옥상 문을 두드리는 소리, 고막을 가를듯한 비명, 끔찍한 악취와 몸 왼쪽을 쓸고 지나가는 너덜너덜한 살갗들의 촉감에도 정신을 놓지 않으려 애쓰면서. 제발 그것들이 자신의 존재를 눈치채지 않길 모든 신에게 기도하면서.

23

 김 대리는 11층 비상구 문틈으로 몸을 비집고 들어오자마자 쓰러졌다. 쿵, 문이 닫혔다. 옥상 앞 계단에서 다시 11층으로 내려오기까지 얼마의 시간이 흘렀는지는 알 수 없었다. 기억 역시 드문드문 잘려 있었다. 좀비들의 폭주가 잦아든 후, 처음엔 몸을 피할 수 있는 가장 가까운 층으로 들어가려고 시도했다. 그러나 몰려든 좀비들이 각 층의 출입문을 막고 있었고, 그걸 피해 계속 내려오다 결국 다시 11층에 다다른 것이다.
 손에서 손전등이 굴러떨어졌다. 손바닥으로 바닥을 짚고 상체를 일으키자 온몸의 근육이 비명을 질러댔다. 칼로 저미는 듯한 무릎의 통증은 말할 것도 없었다. 그럼에도 김 대리는 아득바득 몸을 움직여 회의실로 기어들어 갔다. 쩍쩍 갈라진 목을 축이고 싶어 죽을 것 같았다. 그는 바닥에 널브러진 생수병으로 손을 뻗었다.
 벌린 입으로 생수병을 기울였지만 쏟아진 것은 고작 물 서너 방울뿐이었다. 입술만 겨우 적시는 양이었다. 김 대리는 생수병의 바닥을 마구 두드리고 입구를 핥아댔지만 한 방울도 더 얻어 낼 수 없었다. 바싹 마른 목구멍이 따가웠다. 아침에 물을 뿌려 최를 깨웠던 게 후회스러웠다. 이렇게 될 줄 알았다면 물을 그렇게 낭비하진 않았을 텐데.

한번 고개를 든 후회는 점점 강도와 범위를 넓혀갔다. 애초에 최를 데려가지 않았더라면. 최를 구해주지 않았더라면. 마지막 고민의 순간, 최를 두고 옥상으로 뛰었더라면.

김 대리의 입에서 낮은 웃음이 새어 나왔다. 그는 손에 들린 생수병을 맥없이 떨어뜨리고 얼굴을 감싸 쥐었다. 생수병은 텅 빈 소리를 내며 굴러가다 벽에 부딪혀 멈췄다. 웃음은 점차 흐느낌으로 변해갔다. 몸에서 수분이 다 빠져나갔는지, 분명 흐느끼고 있는데도 눈물이 흐르지 않았다. 그는 시취가 풀풀 풍기는 옷가지들과 가방을 풀어 헤쳐 던져버린 후 바닥에 벌러덩 드러누웠다. 문득 별맛도 특색도 없던 달방아커피의 아이스 아메리카노가 간절해졌다.

정신이 점차 가물가물해졌다. 분노도, 후회도 썰물 빠지듯 잦아들었다. 김 대리는 누운 자세 그대로 고개를 돌려 창문 너머를 바라보았다. 건너편 건물들에 가려 하늘은 잘 보이지 않았다. 헬리콥터가 정말 올까? 아니면 벌써 왔다가 떠난 걸까? 최는 구조되었을까? 김 대리의 시야에 바닥에 나동그라진 가방이 걸렸다. 등신, 혼자 튈 거면 저것도 가져갔어야지. 방수포도 없이 구조

요청을 어떻게 하려고.

소용없어, 형. 호구만 잡힌다니까.

어디선가 또 유 대리의 목소리가 들려오는 것 같았다. 김 대리는 묻고 싶어졌다. 유 대리가 아니라 어머니에게. 정말 내 잘못이 아니냐고, 착한 게 이기는 것이 정말 맞냐고. 엄마가 틀렸던 것 같다고. 다시금 그의 머릿속은 오래 전으로 돌아갔다. 뜨끈한 라면을 허겁지겁 해치운 후 따뜻한 이불 속에 누워 이마를 쓸어주는 어머니의 손길을 느끼며 잠이 들던 어린 시절로. 김 대리는 그때처럼 스르륵 정신을 잃었다.

다시 눈을 떴을 땐 사방이 붉게 물들어 있었다. 정체를 알 수 없는 요란한 소음도 들려왔다. 김 대리는 생각했다.

'드디어 내가 죽었구나. 근데 왜 빨갛지, 지옥에 온 건가.'

그러나 그는 곧 정신을 차렸다. 지옥이 아니라 석양이었다. 그보다 더 중요한 건 소음의 정체였다.

투타타타타타, 프로펠러 소리였다.

끔찍한 통증을 무시한 채 몸을 벌떡 일으킨 그는 절뚝이며 창문 가까이 다가갔다. 차가운 유리창에 코를 붙이자, 저 멀리 한참 떨어진 건물 옥상으로 헬리콥터가 내려앉는 것이 보였다. 김 대리는 창문을 열었다. 소음이 굉음에 가깝게 변했다. 이성을 잃은 김 대리는 들릴 리 없다는 것을 알면서도 메말라 터져버린 입술을 움직였다.

"여기, 여기요. 여기도 사람 있어요."

속삭임에 가까운 소리는 프로펠러의 굉음 속에 묻힐 뿐이었다. 김 대리는 창문 밖으로 상체를 빼며 눈물 없이 흐느꼈다. 목소리는 점점 커졌다.

"여기요! 여기요! 여기도 구해줘요! 사람 살려, 구해……."

그때였다. 김 대리의 바로 옆 창문으로 검은 그림자가 탕 소리를 내며 달라붙었다. 김 대리는 소스라치게 놀라 물러나다 창문틀에 머리를 찧고 벌러덩 넘어졌다. 그는 검은 그림자와 눈을 마주쳤음에도 처음엔 그게 무엇인지 인지하지 못했다. 검은 그림자가 고개를 기울여 건물 밖에서 창문 안을 들여다보았다.

"선생님, 괜찮으십니까?"

김 대리는 대답하지 못했다. 너무나 비현실적이라 대답하는 순간 모든 게 깨져버릴 것 같았다. 검은 그림자가 무전을 쳤다.

"11층 생존자 발견, 11층 생존자 발견."

이어 무전기 안의 목소리와 몇 마디를 더 나눈 검은 그림자는 김 대리에게 물러나라는 시늉을 하더니 허리춤에 찬 무언가로 창문을 깼다. 유리 조각이 회의실 안으로 우수수 떨어지며 강한 바람이 회의실 안으로 휘몰아쳤다. 텅 빈 생수병이 다시 한번 데구루루 바닥을 굴렀다.

*

김 대리는 인명구조용 로프로 11층에서 옥상까지 끌어 올려졌다. 비상계단으로 갈 때는 그렇게나 힘들었던 일이 채 10분도 걸리지 않았다. 그는 허공에 매달려 올라가며 빌딩 숲 곳곳에 내려앉는 헬리콥터들을 바라보았다. 조금 전 들었던 프로펠러의 굉음이 저 먼 곳이 아니라, 그가 있는 건물 옥상에서 울려 퍼진 소리였다는 걸 뒤늦게 깨달았다.

옥상을 내디뎠을 때 김 대리는 멍해졌다. 그의 시선이 옥상 한 가운데 착륙한 헬리콥터에서 옥상 출입구로 옮겨갔다. 그의 눈 앞에서 잠겼던 바로 그 문이었다. 그곳엔 소총을 든 군인들과 널브러진 시신 열댓 구가 있었다.

"사살한 좀비들이니까 걱정 마세요."

그를 구해준 군인이 대수롭지 않다는 듯 말하더니 시신 근처에 서 있는 군인들에게 버럭 소리를 질렀다.

"야, 좀비 그렇게 만지지 말라고. 매뉴얼 몰라? 감염되고 싶어?"

그러고는 김 대리를 부축해 헬리콥터 쪽으로 인계했다. 김 대리는 헬리콥터를 향해 절뚝절뚝 걸어가면서도 시신들에게서 눈을 떼지 못했다. 이윽고 그는 익숙한 차림의 시신을 발견했다. 와이드팬츠의 바짓자락이 바람에 흩날리고 있었다. 한쪽 발이 뜯어 먹히고 머리에 구멍이 난 그 시신은 분명……

김 대리는 치솟는 구역질에 허리를 굽혔다. 역류한 신물이 입술을 타고 방울방울 떨어졌다. 시야가 흐려졌다. 군인이 그의 등을 두드리다 말고 누군가를 불렀다.

"선생님, 죄송합니다만 잠시 이분 상태 한 번만 봐주실 수 있겠습니까?"

누군가가 달려와 휘청이는 김 대리를 붙들었다. 김 대리는 군인과 그 누군가의 손에 이끌려 헬리콥터 안 어딘가에 앉았다. 가물가물한 정신 사이로 갑자기 눈앞이 밝아졌다. 누군가가 김 대리의 눈꺼풀을 잡고 눈부신 빛을 들이대고 있었다. 김 대리의 뺨을 툭툭 때리기도 했다. 일렁이는 불빛을 보며 김 대리는 닥터 윤을, 새벽의 불빛을 떠올렸다.

"환자분, 환자분?"

여자의 목소리가 멀어졌다 선명해지길 반복했다. 어디에선가 들어본 적이 있는 목소리였다. 김 대리는 눈을 질끈 감았다 떴다. 흐릿하던 시야의 초점이 맞춰졌다. 이마와 코끝과 볼이 붉게 그을린 짧은 머리의 여자가 그를 쳐다보고 있었다. 닥터 윤, 분명 닥터 윤이었다.

"환자분, 정신이 드세요?"

저도 모르게 눈을 두어 번 깜빡이자 닥터 윤이 미소를 지어 보였다. 너무나 오랜만에 보는, 그녀의 보조개 핀 미소였다. 그 미소를 보자 김 대리는 온몸의 긴장이 탁, 풀리는 것을 느꼈다.

김 대리는 윤 선생님, 하고 대답하려 했지만 목이 메어 소리가 나오질 않았다. '윤'이라는 입 모양을 '물'로 알아들었는지 눈앞으로 생수병이 나타났다. 잊고 있던 갈증이 밀려들었다. 김 대리는 감사하다고 말할 정신도 없이 물을 벌컥벌컥 들이켰다. 그사이 닥터 윤이 군인에게 물었다.

"10층에서 구조하신 거 맞죠?"

"11층에서 구조하긴 했는데 어제 10층에서 올라왔다고 합니다. 제보해 주신 생존자 맞습니다."

김 대리는 입을 움찔거렸다. 닥터 윤에게 살려줘서 고맙다고 말하고 싶었다. 그러나 갑자기 현기증이 일어 그만 기절해 버리고 말았다.

*

다시 정신을 차렸을 땐 어스름이 깔린 하늘 위에 있었다. 김 대리는 무심코 몸을 일으키려다 허리에 맨 안전벨트에 걸려 다시 주저앉았다. 온몸에서 느껴지는 둔통이 그를 휘감았다. 저도 모르게 앓는 소리를 내자 건너편 좌석에 앉아 있는 군인 한 명이 목소리를 높였다.

"선생님, 이동 중에 일어나시면 안 됩니다."

새까만 고글에 검은색 마스크와 귀마개를 끼고 흑복을 걸친 군인들은 마치 사람이 아니라 기계처럼 보였다.

"아, 옙."

갈라진 목소리로 외친 김 대리는 주변을 둘러보았다. 자신의 오른편에 유일하게 기계가 아니라 사람처럼 보이는 누군가가 앉아 있었다. 닥터 윤이었다. 그녀는 안전벨트를 맨 채 잠들어 있었다. 피곤한 기색이 역력한 그녀를 바라보며 김 대리는 다시금 혼란스러워졌다. 지금 이게 현실이 맞는지, 아니면 자신이 만들어낸 꿈이나 환상인지, 사실은 이미 죽거나 좀비가 됐는데 자신만 모르고 있는 건 아닌지.

김 대리는 자신의 손을 내려다보았다. 군데군데 핏자국이 굳어 있긴 했지만 분명 사람의 손이었다. 너덜너덜하지도, 썩어 있지도 않았다. 손을 쥐어도 보고, 펴도 보고, 돌려도 보던 그는 자신의 허벅지를 세게 꼬집었다. 으헉, 소리가 저절로 나올 정도로 아팠다. 하루 종일 시달린 온몸의 근육과 여러 차례 부딪힌 무릎의 통증 역시 되살아났다. 꿈이나 환상이라기엔 너무나도 실제적인 통증이, 살아 있는 사람만이 느낄 수 있는 통증이.

그러니까…… 김 대리는 살아남은 것이다.

김 대리는 다시 한번 주변을 둘러보았다. 이번에는 창밖 너머를 살피기 위해 몸을 비틀어 헬리콥터 창에 이마를 기댔다. 엔진의 진동이 느껴졌다. 창밖 저 멀리, 검푸른 빛이 붉은 기운을 몰아내고 있는 하늘 아래 그들이 탈출한 빌딩 숲이 멀어지고 있었다. 그가 한 달간 갇혀 있었던, 아니 사실은 그보다 더 오래 갇혀 있었던 그곳이.
 기뻐해야 하는데, 적어도 안도해야 하는데…… 이상하게 속이 알 수 없는 감정으로 끓어올랐다. 이긴 기분도, 진 기분도 아니라 혼란스러웠다. 김 대리는 중얼거려 보았다. 살았다고, 드디어 탈출했다고. 마음속의 목소리가 되물어왔다. '너 혼자?' 김 대리는 그렇게 울부짖어도 나오지 않던 눈물 한 방울이 갑자기 툭, 볼을 타고 흐르는 것을 느꼈다.
 어느 평범한 하루가 불쑥 떠올랐다. 언제까지고 마냥 굴러갈 줄만 알았던 쳇바퀴의 한 조각이. 지옥 같던 출근길과 잠을 깨우던 커피 한 잔, 허공을 가르며 떨어지던 서류 더미와 사내 메신저 속 소소한 잡담들, 보고서를 쓰고 회의를 하고 전화를 받고 혼나고 깨지고 털리고 뛰어다니느라 눈코 뜰 새 없이 바쁠 때면 등 뒤로 흐르던 땀, 옥상에서 빌딩 숲을 내려다보며 들이마시던 담배 한 모금, 늦은 저녁 홀로 남아 있던 사무실의 적막함, 그 텅 빈 풍경을 보며 느끼던 기묘한 평온함, 창문이 점점이 빛나는 빌딩 숲 사이를 터덜터덜 가로질러 지하철역으로 향하던 퇴근길과 그럴 때 이따금 마주하던 계절의 냄새 같은 것들이. 어쩌면 그저 살아가는 것만으로도 이기는 것이었을지 모를 순간들이.
 끅끅, 어린아이 같은 울음이 목 밑에서 끓었다. 너무나 많은 사람들이, 예전에는 스치는 줄도 모르고 스쳤던 수많은 사람들이 저 안에 갇혀 있었다. 이제 그들은 떠나지 못한 채 영원히 똑

같은 행동을 하고 똑같은 말을 하며 끝없는 일상을 반복하게 될 것이다. 삶의 기쁨도, 슬픔도, 괴로움도, 가끔 찾아오는 행복도 모두 느끼지 못하고.

김 대리는 손바닥으로 눈물을 닦으며 서럽게 울었다. 보다 못했는지 군인 한 명이 말없이 휴지 한 장을 뽑아 내밀었다. 김 대리는 "감사으헝헝헝……" 하며 휴지를 받아들었다. 한참을 훌쩍이고 나서야 겨우 마음을 진정시킬 수 있었다.

"저, 근데 지금 어디로 가는 겁니까……?"

코를 팽, 풀며 외친 김 대리의 물음에 군인이 귀마개 한쪽을 뺐다. 다시 한번 같은 말을 외치자 군인이 잠시 침묵하다가 대답했다.

"군산의 생존자 캠프로 갑니다."

군산. 멍하던 머릿속이 일시에 개었다.

"군산…… 군산은 피해가 없나요? 거긴 멀쩡합니까?"

군인은 이번엔 더 길게 침묵하다 한마디를 내놓았다.

"기밀 사항입니다."

"예?"

"말씀드릴 수 없습니다."

몇 번을 더 되물어봤지만 군인의 태도는 강경했고, 급기야는 다시 귀마개를 써버리기까지 했다. 김 대리는 결국 수확 없이 입을 다물 수밖에 없었다.

그러는 사이 하늘에는 붉은 기운이 모두 사라지고 짙은 어둠이 깔렸다. 문득 김 대리는 창밖이 온통 암흑이라는 사실을 눈치챘다. 빛이 없었다. 밤에도 밤인 줄 모르게 사방을 밝히던 도시의 불빛들이 그 어느 곳에도 보이지 않았다. 서울 바깥의 상황도 서울과 다르지 않음을 깨달은 순간, 김 대리는 앞으로 자신이 지금과는 전혀 다른 세상에서 살게 되리란 것을 직감했다.

아니, 빛이 있었다. 창문에 코를 붙인 채 밑을 내려다보다 무심코 고개를 든 김 대리는 빛을 발견했다. 땅의 빛이 아니었다. 인간의 빛이 아니었다. 하늘의 빛, 별이었다. 무수히 많은 별이 하늘을 수놓고 있었다. 그동안은 도시의 불빛이나 키 높은 건물들 때문에 보이지 않던 것들이 반짝이며 강을 이루고 있었다. 아주 어릴 때 이후론 처음 보는 은하수였다. 김 대리는 홀린 듯이 입을 벌린 채 자신을 압도하는 풍경을 한참 동안 바라보았다.

헬리콥터가 빛의 장막을 가로질렀다. 김 대리의 마지막 퇴근이었다.

에필로그

 팔짱을 낀 채 졸고 있던 김 대리는 "곧 도착하겠습니다"라는 군인의 외침과 함께 눈을 떴다. 문득 자신을 향한 시선을 느끼고 오른쪽으로 고개를 돌리자, 언제 깼는지 닥터 윤이 그를 바라보고 있었다. 헬기 소음 사이로 닥터 윤의 낭랑한 목소리가 울려 퍼졌다.
 "안녕하세요."
 굳어 있던 김 대리는 순간 인사말을 까먹었다가 겨우 기억해 냈다.
 "안녕……하세요."
 "몸은 좀 괜찮으세요?"
 "예? 아, 예, 옙, 괜찮습니다. 지금, 예, 조금 뻐근하긴 한데, 예, 괜찮, 좋습니다."
 별 내용도 없는 말이 횡설수설 늘어졌다. 얼마나 얼빠져 보일지 알면서도 제멋대로 브레이크와 엑셀을 오가는 입을 막을 수가 없었다. 지난번 카페에서 마주쳤을 때도 자신이 이렇게 말했던가. 뒤늦은 창피함이 몰려들었다.

"다행이네요."

닥터 윤이 고개를 끄덕이고는 다시 시선을 앞으로 돌렸다. 어색한 침묵이 흘렀다. 프로펠러 소리가 그 틈을 메웠다. 김 대리는 전전긍긍했다. 무슨 말이라도 하고 싶은데, 어떤 말을 꺼내야 할지 갑자기 생각이 나지 않았다. 그리 대단치는 않아도 한평생 무난하게 발휘되던 사교성이었다. 그런데 어딘지는 정확히 몰라도 그 사교성을 담당하는 뇌의 구역이 덜컥 멈춰버린 느낌이었다. 조급함에 속이 터질 듯 답답해졌다. 다행히 김 대리의 속이 터지기 전에 닥터 윤이 먼저 입을 열어 침묵을 깨주었다.

"지금 어디로 가고 있는지 들으셨나요?"

"그, 군산, 군산에 간다고…… 군산에 있는 생존자 캠프로 간다고 들었습니다!"

"들으셨네요, 맞아요!"

헬기 소음 때문에 안 들릴까 봐 김 대리가 목소리를 높이자 닥터 윤 역시 덩달아 목소리를 높이며 대답했다. 그러곤 또다시 침묵이었다. 김 대리의 머릿속은 더욱 새하얘졌다. 이제 무슨 말을 할지 고민하는데, 예상치 못했던 말이 닥터 윤에게서 날아들었다.

"캠프에도 커피는 있겠죠?"

"예?"

닥터 윤이 김 대리를 돌아보며 씨익 웃었다.

"커피요. 제가 사주기로 했잖아요."

김 대리는 저도 모르게 숨을 삼켰다. 닥터 윤이 자신을 알아볼 줄은, 그 약속을 기억할 줄은 꿈에도 몰랐다. 얼떨떨한 기분과 함께 가슴속에서 옅은 기쁨이 싹트더니, 이내 온기가 되어 온몸으로 뻗어나갔다. 불을 품은 열기구처럼 마음까지 부풀어 올랐다.

"아 참, 제가 환자분들 성함을 진짜 잘 못 외워서 그런데…… 혹시 성함이 어떻게 되셨죠?"

"예? 아, 예, 제, 저는……."

김 대리는 무심코 자신의 가슴팍을 더듬었다. 평소 자신을 소개할 일이 있으면 재킷 안주머니에서 명함을 꺼내던 버릇이 나온 것이다. 하지만 그는 곧 깨달았다. 명함을 가지고 있지 않다는 것을. 아니, 이제는 명함도, 직책도, 직위도 없다는 것을.

더 이상 그는 '김 대리'가 아니라는 것을.

투타타타타타타. 갑자기 프로펠러 소음이 거세어졌다. 김 대리는 대답하려다 말고 창밖을 내다보았다. 깜깜하기만 하던 땅에 어느새 점점이 불이 들어와 있었다. 헬기 착륙장 야간 조명이었다. 헬리콥터가 하강하면서 몸 내부가 들리는 듯한 느낌이 들었다. 그것은 두려움과도, 설렘과도 비슷한 감각이었다.

잠시 조명을 내려다보던 김 대리는 숨을 크게 들이쉬었다. 착

륙하는 헬리콥터의 굉음을 가를 수 있도록, 그래서 자신의 목소리가 닥터 윤에게 가닿을 수 있도록 단단한 목소리로 외쳤다.
"제 이름은 김……."

작가의 말

 이 소설은 직장인들의 고질병 중 하나인 '회사 가기 싫어병'에서 시작되었다. 평일 아침(때론 주말 아침까지도)마다 그 병에 시달리던 나는 언젠가부터 생각했다. 차라리 좀비 세상이 된다면 회사에 가지 않아도 될 텐데, 라고.
 그렇게나 지긋지긋한 회사, 쿨하게 그만두면 될 것을. 그러나 대부분의 직장인이 그러하듯 나는 그러지 못했다. 내가 원하는 길이 저 바깥에 있다고 믿으면서도, 흔히들 하는 말처럼 정말 '회사 밖은 지옥'일까 봐 감히 퇴사할 용기를 내지 못했다. 대단히 벌지는 못해도 원하는 옷이나 책 정도는 큰 근심 없이 살 수 있는, 직장인이 되고서야 얻은 평범한 삶을 놓치게 될까 봐 사직서를 그저 가슴에만 품은 채 '올해는 꼭 퇴사'나 '내년엔 퇴사' 같은 공수표만 날리며 하루하루를 흘려보냈다.
 그러다 음습하게도 그런 생각을 품은 것이다. 나 혼자 망할까 무서워 차마 퇴사는 못 하겠으니, 차라리 세상 모두가 공평하게 망해버렸으면 좋겠다고. '평범하지 않음'이 도리어 '평범함'인

세상이 되어 버리면 좋겠다고. 리셋 버튼을 누른 것처럼 모든 걸 처음부터 다시 차곡차곡 쌓아 올릴 수 있으면 좋겠다고.

물론 진짜로 그러길 바라는 건 또 아니라서, 실제로 세상을 망하게 할 만한 일 대신 현실에서는 절대 일어나지 않을 좀비라는 소재를 끌어와 일종의 도피처로 삼은 것이긴 했다. 그 도피처에서 어느 날 불쑥 '김 대리'가 태어날 줄은 꿈에도 모르고.

촉박하게 쓰느라 잡생각을 할 틈이 없어서였는지, 초고를 쓰는 동안만큼은 '회사 가기 싫어병'이 좀 잠잠했다. 다만 정말 리셋 버튼을 누르고 싶은 충동이 솟아오를 때가 많았다. 제출 마감 2주 전까지도 글을 엎을지 말지 고민하고 있었으니까. 만개한 5월 장미는 구경도 못 하고 회사 밖의 모든 순간을 글 쓰는 일에만 할애하려니 가뜩이나 시원찮은 몸이 자꾸 아팠다. 만성 편두통도 그때 얻었다.

가장 큰 문제는 뭐니 뭐니 해도 글이 안 풀린다는 점이었다. 이번 공모전은 포기할까, 다 지우고 재정비해서 다시 쓸까, 라는 유혹에 몇 번이나 빠졌다. 이미 엉망진창인 이야기를 더 이어 쓴다고 뭐가 되겠나, 라는 생각도 많이 했다. 그러나 결국엔 그래도 다 써서 내보기나 하자는 마음으로 '딜리트'를 누르지 않았다. 그 선택 덕분에 결과적으론 운 좋게 과분한 상도 받고, 첫 책에 작가의 말을 써 보는 호사도 누리게 되었다.

또한 알게 되었다. 뒤엉킬 대로 뒤엉켜 도무지 구제할 길이 없어 보이는 과거의 조각들이야말로, 아무런 의미 없이 흘려보냈다고 생각한 하루하루야말로 결국엔 나를 무언가의 끝으로, 새로운 시작으로 밀어 올리는 계단이라는 사실을. 그러니 리셋 버튼이든 딜리트 버튼이든 함부로 눌러선 안 된다는 깨달음을.

많은 작법서들은 말한다. 이야기의 시작과 끝에서 주인공은 변화해야 한다고. 부족하나마 이 소설을 쓰면서 느낀 점은, 쓰는 사람 역시 그러하다는 것이다. 장편을 한 편 끝낸 만큼 어쨌든 나는 조금 더 끈기 있는 사람이 됐고, 나름의 깨달음도 얻었고 (분명 얼마 안 가 흔들릴 테지만), 쓰던 순간의 고통과 다 쓴 순간의 환희가 추억으로 남았고, 무엇보다 다 쓴 글이 내 곁에 남았다. 이 소설과는 무관하지만 어쨌든 퇴사도 했다.

나는 읽는 사람도 그러했으면 좋겠다고 생각한다. 그렇다고 깨달음이나 퇴사 같은 거창한 걸 바라는 건 당연히 아니다. 그저 아주 잠깐이라도, 이 책을 덮는 당신에게 평소와 조금은 다른 시선으로 일상을 바라보는 순간이 피어나면 좋겠다는 뜻이다. 물론 소소한 단상만 남는다 해도 좋다. '시간이 아깝다'라는 생각은 그래도 아니었으면 좋겠고, '재밌었다'라면 더 바랄 게 없겠으며, 혹시나 '김 대리가 앞으로 어떻게 살아갈지 궁금하다'라면 최고의 찬사가 될 것이다.

최종심 연락이 올 때까지는 언감생심 기대조차 못 했던 과분한 기회를 주신 심사위원분들, 떨어졌구나 하며 침대에 누워 엉엉 운 다음 날 때마침 최우수상 수상 소식을 전해주신 교보문고 IP기획팀 안희주 피디님, 아무것도 모르는 새하얀 초보를 김 대리가 최 가르치듯 A부터 Z까지 가르쳐가며 부족한 소설을 다듬어주신 김보성 편집자님, 매력적인 표지를 만들어주신 박지은 디자이너님을 비롯한 교보문고와 북다 관계자분들께 깊이 감사드린다.

몇 없어서 더 소중한 친구들, 최종심 발표날이나 출간일이 당겨진 날 같은 특별한 타이밍에 신통방통하게 먼저 전화를 걸어서 격려해 준 현정이, 늘 내 편이 되어주는 소중한 가족에게도 감사를 전한다.

글 안 써진다고 엎어져 울고 있을 때마다 포기하지 말라며 일으켜 세워주고 등 떠밀어 주고 응원해 준 남편 조원우 군에게는 고맙고 사랑한다는 말을 전하고 싶다.

사랑하고 존경하는 김미정 님과 주영건 님, 우리의 삶이 있게 해준 소중한 어머니들께 감사하고 또 감사하다.

끝으로, 귀한 시간을 할애해 주신 독자님들께 무한한 감사를 드립니다.

또 만나길 바랍니다.

감사합니다.

2025년 5월

황수빈

서바이벌 태스크포스

초판 1쇄 발행 2025년 6월 20일

지은이 황수빈
펴낸이 허정도
편집장 박윤희
책임편집 김보성 디자인 박지은
마케팅 신대섭 김수연 배태욱 김하은 이영조 제작 조화연
2차저작권 관리 안희주 문주영

펴낸곳 주식회사 교보문고
등록 제406-2008-000090호(2008년 12월 5일)
주소 경기도 파주시 문발로 249 (10881)
전화 대표전화 1544-1900 주문 02)3156-3665 팩스 0502)987-5725

ISBN 979-11-7061-269-8 (03810)

- 책 값은 표지에 있습니다.
- 이 책의 내용에 대한 재사용은 저작권자와 교보문고의 서면 동의를 받아야만 가능합니다.
- 잘못된 책은 구입하신 곳에서 바꾸어 드립니다.
- '북다'는 문학을 기반으로 다양하게 변주된 책들을 선보이는 종합 출판 브랜드입니다.